Vicki Grant

Traduit de l'anglais
par Lise Archambault

orca soundings

ORCA BOOK PUBLISHERS

Catalogage avant publication de Bibliothèque et Archives Canada

Grant, Vicki
[Comeback. Français]
Reviens / Vicki Grant.

(Orca soundings)
Traduction de: Comeback.
Publ. aussi en formats électroniques.
ISBN 978-1-4598-0190-5

I. Titre. II. Titre: Comeback. Français. III. Collection: Orca soundings
PS8613.R367C6514 2012 JC813'.6 C2011-907858-9

Publié en premier lieu aux États-Unis, 2012
Numéro de contrôle de la Library of Congress : 2011943740

Résumé: Lorsque son père disparaît, Ria doit décider si elle le connaît vraiment.

Orca Book Publishers se préoccupe de la préservation de l'environnement; ce livre a été imprimé sur du papier certifié par le Forest Stewardship Council®.

Orca Book Publishers remercie les organismes suivants pour l'aide reçue dans le cadre de leurs programmes de subventions à l'édition : Fonds du livre du Canada et Conseil des Arts du Canada (gouvernement du Canada) ainsi que BC Arts Council et Book Publishing Tax Credit (province de la Colombie-Britannique).

Nous remercions le gouvernement du Canada pour l'aide financière reçue dans le cadre du Programme national de traduction pour l'édition du livre.

Photo de la page couverture par Getty Images

ORCA BOOK PUBLISHERS
PO Box 5626, Stn. B
Victoria, BC Canada
V8R 6S4

ORCA BOOK PUBLISHERS
PO Box 468
Custer, WA USA
98240-0468

www.orcabook.com
Imprimé et relié au Canada.

15 14 13 12 • 4 3 2 1

Ce livre est dédié à Jane Buss,
qui a tant fait pour moi et pour bien
d'autres écrivains néo-écossais.

Chapitre premier

Mon petit ami essaie de me consoler. Appuyé sur son casier, il m'entoure d'un bras protecteur et replace une mèche de cheveux derrière mon oreille.

— Ce n'est pas la fin du monde, Ria. Qui sait? Tu finiras peut-être par aimer ça. Alors souris, veux-tu? Allez. Juste un peu, s'il te plaît…

J'apprécie ses efforts. Vraiment. Colin est gentil, mais ça ne m'aide pas. Il ne peut pas savoir ce que je ressens.

Comment le pourrait-il?

Il vit dans un monde idéal. La mère, le père, les trois enfants. Le chien espiègle mais adorable. Réunis autour de la table, riant de plaisanteries stupides et se lançant des petits pois.

Colin ne pourrait jamais comprendre comment on se sent lorsqu'on a perdu tout ça. Pas plus que je ne l'aurais compris moi-même il y a quelques mois.

Chose étrange, je ne savais même pas que ma vie était parfaite avant qu'elle ne le soit plus. C'est comme se réveiller après un accident d'auto et constater qu'on n'a plus de jambes. Combien de gens apprécient de pouvoir marcher avant qu'une telle chose leur arrive?

Je pense au mot *infirme* et le drame se rejoue dans ma tête. Je ferme les yeux.

— Oh, non, Ria... dit Colin d'un ton découragé.

Ce n'est pas juste. Je ne devrais pas le rendre malheureux sous prétexte que je le suis. C'est le genre de chose que ferait ma mère.

Que dis-je? C'est le genre de chose que *fait* ma mère.

Le monde gravite autour d'elle. Il n'y en a que pour *sa* vie, *son* bonheur, *ses* intérêts.

C'est comme si elle avait décidé un bon matin qu'elle ne voulait plus être mariée. Comme ça. Sans aucune explication. Sans excuses. Sans rien.

Tout d'un coup, elle met papa à la porte. Elle congédie la femme de ménage, donne un coup de ciseaux dans nos cartes de crédit, prend un emploi minable dans un bureau et remplit le congélateur de ces disques de styromousse qu'elle appelle des pizzas.

Je ne comprends pas. Si nous sommes si pauvres, pourquoi n'encaisse-t-elle pas les chèques que papa lui laisse tout le temps? Il est courtier en placements. Il a des tonnes d'argent. Et ça ne le dérange pas de nous en donner. Il *veut* nous en donner.

Je crois que maman veut l'embarrasser. Elle sait que ça ferait mauvais effet qu'il emmène ses clients dans les meilleurs restaurants tandis que ses propres enfants n'ont même plus les moyens d'acheter de la pizza à emporter.

Je donne sans doute l'impression d'être une enfant gâtée — et je le suis probablement — mais je ne peux pas m'en empêcher. Au début, j'ai voulu être compatissante. J'ai avalé la pizza réchauffée au micro-ondes sans dire un mot. Je ne me suis pas plainte lorsque maman a annulé notre voyage en Italie. Je me suis occupée de mon petit frère Elliot.

Je ne suis quand même pas aveugle. Je peux voir que papa n'est pas le mari parfait. Il voyage trop pour ses affaires. Il s'investit dans trop d'organisations. Il a trop d'amis, de clients et de connaissances, qui veulent tous jouer au golf avec lui. Je comprends que maman soit exaspérée.

J'ai cru qu'elle avait simplement besoin d'une pause. Qu'après quelques semaines, elle allait se rappeler les bons côtés de papa, surtout s'il lui offrait un bijou et un dîner romantique. J'ai cru que nous allions redevenir une famille.

Du moins jusqu'à ce matin, jusqu'à ce que je découvre que maman venait de vendre notre maison. Elle veut maintenant nous faire déménager dans un affreux petit condo, à des kilomètres de tous nos amis, de nos écoles et — comme par hasard — de notre père.

Je ne peux plus compatir. Elle est en pleine crise de la quarantaine.

Pourquoi devons-nous tous en souffrir?

Je ne serai pas comme elle lorsque j'aurai son âge.

J'ouvre les yeux et souris à Colin.

— Ne t'inquiète pas, dis-je. Ce sont mes lentilles de contact qui m'irritent les yeux.

Je sais que Colin n'en croit pas un mot, mais il en a probablement assez de mes doléances. Il m'embrasse sur le front, puis m'entraîne vers la cafétéria. Je ris comme s'il s'agissait d'un jeu, mais je ne sais pas combien de temps je peux faire semblant. L'idée de jouer les filles heureuses devant toute l'école m'épuise.

Mon téléphone sonne tandis que nous faisons la file pour entrer. Mme Meade me lance un regard furieux.

— Les cellulaires, dehors.

En temps normal, je trouve ce règlement excessif. Aujourd'hui, j'y vois la preuve que Dieu pourrait bien exister.

Je m'excuse et me dirige vers la porte. Je peux voir que Colin est déchiré entre l'envie de m'accompagner et celle de commander son repas, mais il décide de me suivre.

— Allo, dis-je en portant le téléphone à mon oreille.

— Bonjour, princesse.

— Papa! Où es-tu?

Mon visage s'éclaire d'un large sourire. Je ne me rappelle pas la dernière fois que ça m'est arrivé.

— Devine.

Pas besoin. Colin l'a déjà aperçu et court vers la décapotable de collection la plus grosse et la plus rutilante que j'aie jamais vue. Elle est turquoise et blanche avec des ailerons géants de Batmobile. Papa est appuyé dessus. Il a desserré sa cravate et jeté son veston par derrière son épaule comme s'il auditionnait pour un rôle dans *Mad Men*.

Je ne peux m'empêcher de rire.

— Où as-tu trouvé cette chose-là?

— Cette chose-là?! Sache que ce véhicule a déjà appartenu à Elvis Presley.

— Papa!

— Je suis sérieux! Et Elvis promenait toujours une superbe rouquine dans le siège du passager. Alors viens vite, ma chérie. Le King attend.

Un élève de ma classe d'anglais s'approche pour examiner la voiture. Papa attire notre attention sur les pneus à flanc blanc, la garniture originale, le moteur et même les cendriers. Je ne connais rien aux voitures, mais je vois bien que les deux gars n'en reviennent pas.

Papa savoure leur admiration pour un moment, puis il lance les clés à Colin.

— À toi l'honneur. Pleins gaz sur le poulet frit!

Colin regarde les clés, regarde papa, et lance un cri de cowboy. Il saute dans le siège du conducteur.

L'autre gars commence à s'éloigner, mais papa le rappelle.

— Holà! Stop. Toi aussi, monte.

Le gars rit nerveusement et tente de se défiler.

— Non, merci. Je dois partir.

Mais papa insiste.

— Tu ne peux pas refuser de faire un tour dans une *authentique* LeSabre 1962 décapotable en parfaite condition.

Papa pointe le doigt vers la voiture comme s'il envoyait le gars au bureau du directeur.

— Allez, monte! Je ne plaisante pas.

Le gars se tourne vers moi. Je hausse les épaules. Que puis-je faire? Lorsque mon père veut quelque chose, il l'obtient.

Le gars regarde tout autour comme s'il cherchait une caméra cachée, puis il monte à l'arrière avec papa. Je me glisse à côté de Colin. Nous démarrons dans un crissement de pneus.

Papa ne demande pas à Colin de ralentir et ne flippe pas lorsqu'il passe un peu trop proche d'une voiture stationnée. Il se contente d'étirer le bras vers l'avant pour augmenter le volume de la radio. Le vent balaie mes cheveux en travers de mon visage. La casquette du gars s'envole. Des passants se détournent pour nous regarder passer. Nous rions aux éclats. Quel tableau parfait! On dirait une pub.

Papa est à son meilleur : il est apparu juste au bon moment, au volant d'une voiture incroyable qui a — peut-être — appartenu à Elvis Presley, a laissé conduire Colin, entraîné un étranger dans notre aventure, transformé un vendredi midi ordinaire en quelque chose de mémorable.

J'admets qu'il a une personnalité exubérante. Qu'y a-t-il de mal là-dedans? Papa a raison : la vie est courte et il faut en profiter. Je le comprends, bien que je n'aie que dix-sept ans. Pourquoi maman ne voit-elle pas les choses du même œil?

Je me tourne vers papa. Il fait chanter le refrain d'une vieille chanson de rock à Tim ou Tom — j'oublie son nom. Le fait qu'ils ne connaissent ni l'un ni l'autre la chanson ne le dérange pas le moins du monde. Ils s'époumonent comme des enfants autour d'un feu de camp.

C'est alors que me vient une idée.

Je sais comment arranger les choses.

Je sais comment nous pouvons tous retrouver le bonheur.

Chapitre deux

C’est le visage de papa qui provoque le déclic. Il a des pattes d’oie autour des yeux et des rides de rire autour de la bouche si profondes qu’on les dirait dessinées à l’encre indélébile — mais son visage est encore celui d’un enfant. Ses yeux pétillent. Il a toujours l’air à l’affût de la prochaine aventure.

Les rides de maman sont verticales et descendent de son front entre ses yeux. Elles n'ont rien en commun avec les rides de rire. Elles viennent de ce qu'elle a trop froncé les sourcils, s'est trop fait de souci ou s'est trop concentrée sur ses problèmes.

Comment deux personnes aussi différentes ont-elles pu s'attirer?

Je regarde papa. Il se sert de son poing comme microphone.

— Oh, baby, baby, yeah!

Le soleil fait ressortir le bleu de ses yeux. Il me fait un clin d'œil comme si j'étais le sujet de la chanson.

Je dois me rendre à l'évidence : maman et papa ne reviendront jamais ensemble. Chose étrange, cela ne m'attriste pas. C'est l'inévitable réalité. Et comme dit Colin, ce n'est pas la fin du monde. En fait, ça pourrait bien s'avérer salutaire pour tout le monde.

Il suffirait d'une légère modification au plan initial.

Plutôt que d'aller vivre avec maman dans son nouveau condo, Elliot et moi allons emménager avec papa.

À cette pensée, un large sourire se dessine sur mon visage, comme si j'avais gagné à la loterie. Je me sens un peu coupable, mais tellement heureuse!

C'est la solution idéale. Papa a les moyens de nous garder. Pas maman. Il adore nous avoir avec lui. Elle est si fatiguée en rentrant du travail qu'elle nous remarque à peine. Nous n'aurons pas à quitter notre quartier. Elle pourra déménager aussi loin qu'elle le souhaite.

Il reste quelques détails à régler, bien sûr. L'appartement de papa est trop petit pour nous trois. Il devra donc en trouver un autre. Je ne sais pas tenir maison. J'espère que Manuela n'en veut pas trop à maman de l'avoir congédiée. Si elle voulait nettoyer et s'occuper d'Elliot après l'école, je pourrais apprendre à cuisiner.

Je me mets à rire.

Qui parle de cuisiner? Papa est toujours d'accord pour manger au restaurant.

En fait, il est présentement occupé à guider Colin vers un restaurant avec service à l'auto. Je crains que nous ne soyons pas de retour à l'école à temps pour la prochaine période, mais papa insiste.

— Qu'est-ce que vous avez tous? On ne peut pas se promener dans une décapotable 1962 sans s'arrêter pour boire un lait frappé!

Le resto est bondé et tous ses occupants veulent examiner notre voiture. Tandis que papa leur fait la conversation, je presse la main de Colin dans la mienne. Il a des mains magnifiques.

Des mains d'athlète. Grandes et musclées, couvertes de poils blonds qui contrastent avec sa peau bronzée.

Je viens de penser à un autre aspect positif de mon nouveau plan : les idées de papa au sujet de l'amour sont beaucoup plus libérales que celles de maman.

Colin ne sait pas à quoi je pense, mais il voit que je suis heureuse et ça le rend heureux lui aussi, ce qui augmente encore mon bonheur. J'aspire mon lait frappé bruyamment à travers la paille sans m'inquiéter des 80 000 calories vides. Tout est différent maintenant. Tout va aller pour le mieux.

Nous revenons à l'école quelques minutes à peine avant le son de la cloche. Je voudrais parler à papa de mon plan tout de suite, mais je n'ai pas le temps. Ça peut attendre à demain.

Elliot et moi passons la fin de semaine chez lui. Nous aurons alors le temps de mettre les choses au point.

Tim-ou-Tom remercie papa et se dirige vers sa classe. Colin tend les clés à papa, mais ce dernier les repousse.

— Je te propose un marché, fiston. Tu peux garder la voiture pour la fin de semaine si tu m'accordes maintenant quelques minutes avec ma petite fille. Qu'en dis-tu?

Colin a l'air abasourdi. Papa se met à rire.

— Marché conclu? Maintenant, fais de l'air! Dis à ton professeur que Ria arrive bientôt.

Colin « fait de l'air ». Papa et moi le regardons partir, appuyés sur la voiture. Même de dos, il est évident qu'il a un sourire fendu jusqu'aux oreilles. Ça me fait craquer.

Papa m'entoure les épaules de son bras.

— Écoute, dit-il. J'ai quelque chose à te dire. Il y a un changement de programme.

Pendant un instant, je me demande si nous avons eu la même idée. J'essaie de freiner mon enthousiasme.

— Je ne pourrai pas vous voir, Elliot et toi, cette fin de semaine.

— Quoi?

C'est comme si j'avais reçu un coup de poing au ventre.

Papa a l'air surpris. Ce n'est certainement pas la première fois qu'il change d'idée à la dernière minute.

— Oh, désolé, chérie! Je dois aller dans le nord rencontrer un groupe d'investisseurs pour discuter d'un projet. Et crois-moi, j'ai bien essayé de remettre cette réunion à plus tard, mais ça n'a pas été possible.

Je détourne les yeux. Ma respiration devient courte et saccadée. J'essaie de prétendre que tout va bien, mais je n'y arrive pas. Il *faut* que je voie papa cette fin de semaine. Il *faut* que je lui soumette mon plan. J'en ai ras-le-bol de vivre avec maman.

— Est-ce que je peux y aller avec toi?

Mon ton est enjoué mais sonne faux. Le désespoir est tellement embarrassant.

— Ah, ma belle, tu détesterais ça. Je m'en vais au bord d'un petit lac froid au milieu de nulle part. Tu deviendrais folle. Il n'y a pas de boutiques, pas d'Internet, pas de réception cellulaire...

Je sais qu'il exagère, mais j'insiste :

— Ça m'est égal! S'il te plaît...!

— Non. Désolé.

Mes lèvres tremblent lorsque je tente de sourire.

— Oh, ma pauvre chérie, dit-il comme si j'avais quatre ans et venais de me faire un bobo au genou. Tu *sais* que je t'amènerais si je le pouvais, mais je ne peux pas. J'ai loué un petit avion à deux places que je piloterai moi-même.

— Alors, où est le problème? Deux sièges : un pour toi, un pour moi.

Il me regarde comme si je refusais de voir une évidence.

— Ce que je veux dire, c'est que je ne peux pas piloter et nettoyer ton vomi en même temps.

Ça ne se discute pas. Il a raison. Je ne supporterais pas ce voyage.

Mes yeux se gonflent de larmes et mon sourire tremblote. Je n'ai même pas honte de me ridiculiser.

— Et… dit papa en me serrant dans ses bras. Et… répète-t-il, il y autre chose qui t'empêche d'y aller.

J'essuie mon nez du bout des doigts et réponds de la voix la plus mature possible :

— Oh? Quoi?

Il tire une enveloppe de sa poche.

— J'ai quatre billets pour le concert de Chaos of Peace cette fin de semaine.

Je ris à travers les larmes qui coulent encore sur mon visage.

— Papa! Comment as-tu réussi à obtenir ces billets? Ils affichaient complet!

Il agite son doigt dans ma direction.

— Je ne révèle jamais mes sources…

La cloche sonne. Je tends la main pour attraper les billets, mais il les écarte brusquement.

— Ah. Désolé. Ces billets ne viennent pas sans conditions.

Ça ne ressemble pas à papa. J'ai peur. Qu'est-ce qui me pend encore au bout du nez?

— D'abord, dit-il, tu sèches tes larmes. Nous, les Patterson, nous nous relevons, retroussons nos manches et nous préparons pour le prochain party. D'accord?

Je fais oui de la tête. Pour dire n'importe quoi, il n'a pas son pareil.

— Et l'autre condition?

— Deux des billets sont pour ta mère et Elliot.

Est-il devenu fou? Elliot est trop jeune pour ce concert et maman est trop furieuse. N'a-t-il encore rien appris? Le simple fait de lui offrir les billets va la faire enrager.

Mais je ne discute pas. Je meurs d'envie d'aller à ce concert.

— Ouais, bien sûr! dis-je comme si c'était une idée géniale.

Papa n'est pas dupe. Il me regarde droit dans les yeux, puis soupire.

— Ta mère est une bonne personne, Ria. Elle est très préoccupée en ce moment. Nous devons tous lui donner une chance.

Je rassemble mon courage.

— Papa, c'est justement ce dont je veux te parler…

La seconde cloche sonne. Il ne reste qu'une minute. Je ne sais pas par où commencer. Je bafouille.

— Tu sais… je… eh bien…

Papa met ses mains sur mes épaules.

— Nous reprendrons cette conversation plus tard. Tu es déjà en retard et le joli minois de Colin ne pourra pas distraire ton professeur encore longtemps. Je vais retenir une table pour deux lundi soir chez Da Maurizio et tu pourras me conter tout ça. Marché conclu?

Papa et ses marchés.

— D'accord. Ça me plairait bien.

Je m'efforce de paraître brave, mais ma déception est évidente.

Il me décoiffe, puis me serre dans ses bras. Il me serre si fort que j'entends craquer un petit os dans mon épaule.

Je me dirige vers la classe. Lorsque je me retourne, je vois papa qui fait du pouce pour retourner au bureau.

Chapitre trois

Je suis au premier rang, à dix pieds de la scène, avec mon petit ami d'un côté et mes deux meilleures amies de l'autre. Nous avons des places de choix, des CD autographiés et les photos les plus extraordinaires que j'aie prises avec mon iPhone. Helena et Sophie crient sans arrêt depuis la première note de la première chanson. Colin est si excité qu'il passe son temps à me soulever de terre.

Je suis la fille la plus heureuse au monde — et l'ironie de la situation ne m'échappe pas.

Sans blague.

Un jour, je patauge dans les affres du désespoir. Le lendemain, papa me donne les billets et *hop!* tous mes problèmes disparaissent.

Je suis soit facile à contenter, soit très, très superficielle.

La musique est tellement forte que je ne l'entends presque plus. Je serai probablement sourde avant d'avoir vingt ans, mais pour l'instant, j'adore ça. Étrangement, un tel vacarme s'apparente au silence. On peut s'y perdre totalement.

Mon esprit vagabonde. Je pense à Colin, évidemment, au devoir d'anglais que j'aurais dû commencer la semaine dernière, à la façon dont je vais décorer ma chambre dans la nouvelle maison de papa, au fait que le batteur transpire de façon anormale, à une fabuleuse paire de bottes que j'ai vue à la boutique *Project 9* l'autre jour.

Mais surtout, je pense à maman.

Je suis très fâchée contre elle depuis quelques mois. On dirait qu'elle n'est même plus ma mère. Elle est seulement un être méchant, inconsidéré, malfaisant.

À vrai dire, c'est *papa* qui devrait être fâché contre elle. C'est lui qu'elle a mis à la porte. Et pourtant, la seule chose qu'il m'ait dite à son sujet est qu'elle est une bonne personne.

Comment peut-il lui pardonner? Peut-être qu'il ne se rend pas compte.

Je me demande s'il aurait dit la même chose s'il avait vu sa réaction hier lorsque je lui ai parlé des billets pour le concert.

Elle a pris un air pincé et déclaré qu'elle était trop occupée pour perdre son temps de cette façon.

Puis elle a souri — ou, du moins, tenté de sourire.

Bien que le groupe joue une de mes chansons préférées, la préférée de Colin, j'éprouve encore de la colère. Cette pitoyable tentative de sourire. Pourquoi?

Si papa ne m'avait pas demandé d'être tolérante à son égard, je lui aurais probablement dit ma façon de penser, mais je me suis retenue. Je savais qu'Helena et Sophie seraient ravies d'assister au concert.

À vrai dire, c'est une bonne chose que maman ait refusé les billets. Pourquoi lui en vouloir? C'est elle qui y perd. Je peux me permettre d'être tolérante. C'est ce que papa ferait.

Alors j'ai simplement souri et déclaré que c'était bien dommage. Puis je lui ai demandé si elle voulait que je l'aide à remplir des boîtes. Le plus vite elle déménage, le plus vite nous pourrons en faire autant.

Maman s'est retournée et m'a regardée. Je ne l'ai presque pas reconnue. Elle a le visage tellement fermé depuis que papa est parti. Mais à ce moment-là cependant, debout près de l'évier, elle rayonnait presque. On aurait dit qu'il émanait d'elle une lueur phosphorescente. Il y a bien un être humain derrière cette façade, après tout.

Puis elle s'est remise à empiler la vaisselle. Elle essayait de ne pas paraître trop enthousiasmée par mon offre.

— Eh bien, ton aide serait certainement appréciée. Es-tu certaine que Colin n'a pas prévu t'emmener quelque part ce soir?

— J'ai pensé qu'il pourrait aider lui aussi.

Ça l'a fait craquer. Son visage s'est éclairé d'un immense sourire.

L'idée de passer la soirée avec ses enfants, à remplir des boîtes, semblait la réjouir immensément.

C'est difficile de ne pas avoir pitié d'elle.

Mon esprit revient au concert. Je regarde Colin. Sa tête bat la mesure. Son sens du rythme laisse à désirer et il devrait se faire couper les cheveux, mais c'est pour ça que je l'aime : il ne se préoccupe pas de ce genre de chose. Il veut simplement avoir du plaisir, être heureux et répandre le bonheur autour de lui. C'est peut-être bien vrai que les filles tombent en amour avec des gars qui ressemblent à leur père.

Hier soir, il a manqué une partie de hockey pour nous aider à faire des boîtes. Il a déplacé tout ce qui était trop lourd ou trop haut pour nous et mis au bord du trottoir toutes les choses dont nous voulions nous débarrasser. Il a même joué à la lutte avec Elliot pour qu'il ne soit pas dans nos jambes.

Tout allait bien jusqu'à ce que maman passe une remarque sur le bonheur d'avoir un homme à la maison.

Elle blaguait, mais elle a vite pris conscience de sa gaffe et son visage s'est assombri. Nous étions tous mal à l'aise. Comme si les mots *papa*, *divorce*, *seule* et *triste* bourdonnaient dans nos têtes sans que nous puissions les en chasser.

C'est Colin qui a détendu l'atmosphère. Il a mis sa main sur l'épaule de maman. C'était un geste si gentil, bien que maladroit. Elle n'aurait sans doute pas pleuré s'il ne l'avait pas touchée.

Heureusement, Elliot est intervenu juste à ce moment-là.

— Hé! *Je* suis un homme et *je* suis à la maison!

Son ton était tellement indigné que nous avons tous éclaté de rire. Maman a serré la main de Colin. J'ai compris que c'était sa façon de lui montrer sa reconnaissance.

Le chanteur tape des mains au-dessus de sa tête pour encourager les spectateurs à chanter avec lui. Je me lève et l'imite, mais mon esprit est ailleurs. Ce pauvre Elliot n'a que cinq ans. Je crois parfois qu'il ne comprend rien à notre nouvelle situation. Et parfois je pense qu'il comprend trop. Je vois bien qu'il s'efforce de ranger ses jouets pour plaire à maman et combien il s'accroche à papa lorsqu'il nous rend visite. Ça me fend le cœur de le voir comme ça.

Maman supportera difficilement de le voir partir. J'en suis désolée, mais on n'y peut rien. Ce sera mieux pour Elliot.

Je vais voir à ce que ça le soit.

La foule commence à applaudir. Je me rends compte que le groupe a quitté la scène. Colin nous entraîne vers une sortie latérale pour nous éviter la cohue.

Nous déposons les filles chez Sophie. Helena a la voix rauque d'avoir trop crié.

— Tu diras à ton père que je l'aime, dit-elle. Vraiment. Je l'aimais avant qu'il nous donne les billets, mais maintenant, je veux l'épouser!

— Ce commentaire est tout à fait déplacé! intervient Sophie.

Elle place sa main sur la bouche d'Helena, puis me chuchote à l'oreille :

— À vrai dire, je suis folle de Steve moi aussi. Tu as *tellement* de chance!

Nous nous embrassons en nous quittant. Sophie a raison. J'ai beaucoup de chance.

Comme je suis au septième ciel, je mets quelques secondes à me rendre compte que Colin a passé tout droit devant chez nous.

— Hé! dis-je. Où vas-tu?

Il me fait un clin d'œil. Ça me va droit au cœur.

— Il y a deux endroits où il faut absolument aller lorsqu'on conduit une

Buick LeSabre 1962. Le resto-service à l'auto et, bien sûr…

Il prend la route qui mène au port de plaisance.

— … le chemin des amoureux.

Chapitre quatre

Colin s'arrête en douceur devant la digue. La lune est haute et si brillante qu'elle trace un long faisceau blanc sur l'eau noire.

Il lève un sourcil et m'attire vers lui. La tentation est forte — je craque pour l'odeur de son savon au pin — mais je l'arrête en posant mes deux mains sur sa poitrine.

— Non, dis-je. La semaine prochaine.

Il lève la tête, qu'il avait enfouie dans mon cou.

— Pourquoi la semaine prochaine? demande-t-il, incrédule.

Je lui raconte mon plan. Le déménagement. Le retour de Manuela. L'apprentissage de la cuisine. Je mentionne aussi l'attitude libérale de papa à l'égard des jeunes amoureux.

Colin s'appuie sur la portière et me joue dans les cheveux. Il écoute, souriant, puis prononce les mots que je ne veux pas entendre :

— As-tu pensé à ta mère? Tu ne crains pas qu'elle trouve ça difficile?

Je lui explique toutes mes raisons : la question monétaire, la fatigue de maman, les conséquences désastreuses d'un déménagement pour Elliot. J'essaie d'avoir l'air aussi raisonnable que possible, mais j'essaie aussi d'éviter le regard de Colin. À la façon dont il incline la tête, je devine qu'il s'attend à plus de gentillesse de ma part.

— Mais c'est difficile pour papa aussi, dis-je. Rappelle-toi. C'est elle qui a commencé.

Colin se tait pendant un long moment. Il joue avec mes doigts et regarde au loin sur la mer.

— C'est triste, dit-il. Tous deux sont de bonnes personnes. Ta mère est si gentille et responsable et tout…

Je me retiens de dire : « Du moins, elle l'était. »

— Et ton père… un homme aussi riche pourrait bien être snob ou mesquin, mais Steve est tout le contraire. Il veut sincèrement aider les autres.

Colin frappe légèrement le volant de sa main et prend une grande respiration.

— Mes parents sont vraiment reconnaissants de ce qu'il a fait pour nous. Il a changé notre vie. S'il n'avait pas investi leurs économies de manière aussi profitable, ils n'auraient jamais pu acheter un commerce. Ils n'auraient jamais pu payer pour que j'aille à l'université l'an prochain. Ton père est un gars extraordinaire, ajoute-t-il en me regardant droit dans les yeux.

Soudainement, j'éclate en sanglots. Comme si Colin avait touché précisément mon point le plus sensible. Nous sommes tous deux horrifiés.

— Oh, je suis désolé. Ria, murmure-t-il. Désolé.

Il me fait un câlin et je me pelotonne contre lui comme un bébé. Je serre les dents pour ne pas laisser échapper mes sanglots.

Colin essuie mon visage avec sa manche de chemise. Je lis la panique dans ses yeux.

Je respire à fond. J'ai promis à papa de ne plus pleurer. Je regarde Colin. Son regard est suppliant.

— Je t'aime vraiment, dis-je.

Il incline la tête.

— Moi aussi, répond-il, au bord des larmes.

Je me dégage de son étreinte et m'étire sur la banquette.

— Viens ici, dis-je doucement.

Il est passé trois heures du matin lorsque je rentre à la maison. J'espère que maman s'est endormie en m'attendant. Je me faufile par la porte arrière et traverse la cuisine sur le bout des pieds.

— Ria? interroge la silhouette de maman dans le passage sombre.

Zut. Elle va me tuer. Je vérifie que ma chemise est bien boutonnée. Je ne veux pas qu'elle me fasse une scène.

— Désolée, maman, je…

Elle allume la lumière. Sa peau est si pâle, presque mauve. Elle se frotte les mains comme si ses jointures lui faisaient mal.

— Chérie, dit-elle, assieds-toi. J'ai de mauvaises nouvelles.

Chapitre cinq

J'ai l'impression qu'elle me parle dans une langue étrangère. Je ne comprends rien à ce qu'elle dit et ça me met dans tous mes états.

— De quoi parles-tu?

Elle recommence.

— Ton père a envoyé un S.O.S. dans la soirée disant qu'il avait une panne mécanique. Ils n'en savent pas plus.

Ils ont perdu le contact après ça. Ils pensent que son avion est tombé dans le lac Muskeg.

Je l'interromps d'une voix rauque :

— Oui, j'ai compris. Mais où est papa? Est-il sauf?

Maman regarde par la fenêtre. Il fait si noir dehors qu'on ne voit que sa réflexion qui nous regarde.

— Ils ne savent pas, chérie. Les secouristes sont en route. Ils en sauront plus demain matin.

Elle pose sa main sur la mienne. Je suis trop abasourdie pour la retirer.

— Pourquoi n'essayerais-tu pas de dormir, Ria? Il n'y a rien que nous puissions faire.

Dormir? Pour qui me prend-elle? Il s'agit de *mon père*. Elle ne l'aime peut-être plus, mais moi, je l'aime toujours. Je lui lance un regard furieux jusqu'à ce qu'elle se détourne.

— Je vais mettre de l'eau à bouillir, dit-elle.

Assise devant une tasse de thé froid, je regarde le ciel passer du noir au marine, au rose, et finalement au bleu.

Le téléphone sonne. Maman répond dans l'entrée et me tourne le dos. Sa voix est trop faible pour que je puisse l'entendre. Je la regarde fixement, aux aguets comme un chien qui attend un ordre de son maître.

Elle raccroche et se tourne vers moi. Ses lèvres sont pincées, mais ses yeux sont étrangement écarquillés.

— Ria. C'était les secouristes. Ils ont des nouvelles.

Elle s'assoit près de moi et croise ses mains sur la table.

— Ils ont trouvé l'avion.

Ça, c'est une bonne chose, me dis-je.

— Ou ce qu'il en reste... ajoute-t-elle. C'était un accident très grave, dit-elle lentement, pour me donner le temps de comprendre.

— Qu'est-ce que tu veux dire?

Je vois qu'elle choisit ses mots.

— L'avion a été complètement démoli. Il n'en reste que des morceaux épars.

— Est-ce qu'ils ont trouvé papa?

— Non.

— Alors, il a pu s'en tirer! Il pourrait être quelque part dans la forêt! Il aurait pu nager jusqu'au rivage...

— Ria. Il s'agit d'un accident très grave.

— Mais ils ne l'ont pas trouvé, *lui*!

Je me retourne et aperçois Elliot dans son pyjama à éléphants, les cheveux ébouriffés. Soudainement, maman et moi faisons équipe.

— Bon matin, mon petit chou! lui dis-je.

Maman se précipite.

— Bonté divine! Regardez l'heure! Je n'ai même pas commencé à préparer votre déjeuner. Elle allume la radio et va chercher les cuillers, les céréales et les bols.

Elliot s'assoit près de moi.

— Pourquoi te disputais-tu avec maman? demande-t-il en faisant la moue.

Maman arrive à la rescousse.

— Des Shreddies! Tes préférées!

Elliot en prend une cuillerée, tout en nous regardant à tour de rôle. Je constate qu'il est plus sensible depuis que papa nous a quittés. La pensée de ce qui l'attend me brise le cœur.

— Je n'aime pas quand tu es méchante, dit-il.

— Allons, Elliot, dit maman. On ne parle pas la bouche pleine.

Je lui tire la langue comme si j'étais contente qu'il ait été pris en défaut.

— Ça non plus, ce n'est pas bien, dit maman.

Nous sommes tellement occupées à le distraire que nous avons oublié la radio.

— Nous apprenons en dernière heure qu'un courtier en placements bien connu manque à l'appel suite à un accident d'avion.

Nous nous levons toutes deux d'un bond. Maman éteint la radio.

— Huit heures déjà, Elliot! Il est temps de partir. Ria, veux-tu l'aider à s'habiller?

Elliot n'est pas stupide. Il sait que quelque chose ne tourne pas rond. Je l'arrache à sa chaise avant qu'il ait fini d'avaler ses céréales et l'entraîne à l'étage. Je fais semblant d'être fâchée parce qu'il pleure, mais je suis soulagée d'avoir une distraction. Il ne cesse de pleurnicher que lorsque je lui achète une Caramilk en route vers l'école.

Il me vient une drôle d'idée. Détestera-t-il les barres de chocolat pour le reste de sa vie parce qu'elles lui rappelleront le jour où son père a disparu?

La cloche sonne. Mme Jordan s'approche et prend Elliot par la main. Elle n'a pas besoin de me dire qu'elle a entendu la nouvelle. La manière dont elle accueille Elliot est trop enjouée et sa voix lorsqu'elle me parle est trop mielleuse.

— Appelez-nous s'il y a quelque chose que nous puissions faire.

Je rentre à la maison comme dans un brouillard. Je n'entends que ma respiration, les battements de mon cœur et les parasites dans mon cerveau. Mon cellulaire sonne, mais je ne réponds pas. Je ne regarde pas les gens que je croise. Je marche sans m'arrêter jusqu'à la maison.

J'ouvre la porte et, pendant quelques instants, je me demande si je suis à la bonne adresse. La cuisine est pleine de gens : tante Cathy, nos voisins, deux gars avec qui papa joue au golf, son médecin, sa secrétaire. Ils se retournent et me dévisagent. Ils expriment tous la même émotion.

L'anxiété.

Ils redoutent d'avoir à me parler.

Chapitre six

Ce sont tous des adultes. Ils savent qu'ils ne peuvent pas prétendre que je n'existe pas. Ils savent qu'ils doivent me dire quelque chose.

Ils se dirigent vers moi un par un, arborant un sourire compréhensif. Les femmes prennent ma main dans les leurs. Les hommes mettent un bras autour de mes épaules. Ils me demandent comment je me sens. Comment *pensent-ils* que je me sens? Ils ont entendu la nouvelle. Ils m'assurent que si j'ai besoin de quoi que ce soit, je n'ai qu'à leur passer un coup de fil. Ils me disent que mon père était un homme extraordinaire, un conseiller financier hors pair. Ils en remettent, mais tout ce que j'entends, c'est que mon père *était*.

Qu'est-ce qu'ils ont tous? Personne n'a annoncé qu'il était mort. Ni la police, ni les médias. Il n'y a pas de corps, pas de témoins — aucune preuve qu'il n'est pas étendu quelque part, blessé, à attendre l'hélicoptère des secouristes.

Pourquoi tous ces prétendus amis abandonnent-ils aussi facilement?

Je veux hurler et les repousser, mais je me retiens. Je me mords la lèvre et incline la tête. Ils me serrent une dernière fois la main, puis s'éloignent, soulagés. Ils ont fait leur devoir.

Colin est le seul à savoir quoi faire. Il surgit dans la cuisine, hors d'haleine. Il fend la foule pour me rejoindre et me serre dans ses bras.

— Je suis là, Ria.

Je me mets à pleurer.

— Je reste ici avec toi, ajoute-t-il.

Ça me fait pleurer encore plus. Il me serre dans ses bras jusqu'à ce que je m'arrête.

Je me sens comme une célébrité avec son garde du corps. Les gens me regardent encore, sourient encore, mais la présence de Colin les dispense de m'adresser la parole. Je me sens plus calme. Mon cœur bat toujours la chamade, mais ça va mieux.

Mme Van de Wetering arrive de l'école avec un grand plateau de muffins. J'ignorais que papa gérait aussi son argent. Elle m'en apporte un et m'encourage à le manger.

Elle me parle normalement, sans faire dans le mielleux.

— C'est un moment pénible pour toi, Ria. Assure-toi de dormir suffisamment. Et ne te préoccupe pas de l'école. Je vais demander à tes enseignants d'envoyer tes devoirs par courriel ou de les donner à Colin... Si j'étais aussi mince que toi, je mangerais de la confiture avec ce muffin. En veux-tu?

Je secoue la tête. Elle murmure à Colin qu'il est exempté de classe aujourd'hui, puis me donne une petite tape sur l'épaule.

— Bon courage, Ria.

Je tiens bon jusqu'à l'arrivée de Sophie et Helena. Elles se jettent sur moi en sanglotant. Leur visage est barbouillé de larmes et de mascara. Tout le monde se retourne.

— Ce n'est pas juste! Pourquoi Steve? lance Helena.

— Ria. Nous l'aimions nous aussi. Nous l'aimions toutes. Tu le sais, ajoute Sophie.

Je commence à trembler. Elles me serrent de plus près. Elles pensent m'avoir émue avec leurs sincères condoléances, mais ce n'est pas le cas. Ce qui m'agace, c'est de voir que ceci n'est pour elles qu'un drame parmi tant d'autres. Elles font étalage de leur chagrin, puis elles vont envoyer des textos à leurs amis pour leur annoncer le dernier scoop : « Avez-vous appris la nouvelle au sujet du père de Ria? »

Je les repousse.

— Excusez-moi, dis-je. J'ai besoin d'air.

Je me dirige vers la porte de derrière. Maman est là, remerciant la grand-mère d'Helena pour son plat maison. Elle tourne vers moi son regard absent. Tout le monde pense qu'elle a le cœur brisé, mais moi, je ne le crois pas. Elle a ce même regard depuis des mois. Le fait que papa ait disparu n'a rien changé pour elle.

Je n'en peux plus.

Je me tourne et me dirige vers la porte d'en avant. Helena essaie de me suivre.

Je lève ma main pour l'arrêter.

— Non. Non. Je t'en prie.

Je sors sur la terrasse. Le soleil brille et le temps s'est réchauffé depuis hier. Je pense à papa, quelque part au fond des bois, blessé, et je suis contente qu'il fasse beau. Au moins il n'aura pas froid. L'hélicoptère le trouvera. Il survivra. Il reviendra.

Je ne sais pas trop comment prier, alors je chuchote : « S'il vous plaît, s'il vous plaît! »

J'entends une voiture arriver devant la maison. Je vois Tim-ou-Tom sortir du côté du passager. Il porte un bouquet d'œillets bleu vif entouré de papier vert.

Je suis surprise. Il ne semble pas être le type à offrir des fleurs. Puis je remarque tous les bouquets, cartes, chandelles et ballons empilés contre notre clôture. C'est comme un lieu de pèlerinage.

Ou un cimetière.

Je me mets à claquer des dents.

—Mes condoléances, dit Tim-ou-Tom.

Puis il s'éclipse dans sa voiture avant que j'aie pu lui dire merci ou l'engueuler.

Chapitre sept

Colin a dû sentir que ça ne va pas. Il arrive en trombe sur la terrasse et me prend dans ses bras.

— Ça va aller, Ria. Allons ailleurs.

Je ne demande pas où nous allons. Je me contente de le laisser m'entraîner en bas de l'escalier et m'emmener dans la voiture de papa. On dirait que je suis droguée. Je suis déconnectée de mon corps. Je flotte quelque part, dans un monde parallèle.

Nous sommes arrêtés à un feu rouge lorsque je suis brusquement ramenée à la réalité. Je reconnais la femme assise dans la voiture d'à côté. Elle me regarde. Je me vois soudainement telle qu'elle me voit : en ballade avec mon petit ami dans ma décapotable turquoise tape-à-l'œil. C'est comme s'il y avait une bulle au-dessus de sa tête qui disait : « Quelle fille sans cœur! Son père est peut-être mort! »

Le feu passe au vert et je m'écrie :

— Vas-y! Vas-y!

Colin sursaute. Il se tourne et aperçoit la femme dans la voiture. Je ne sais pas s'il a compris, mais il appuie sur l'accélérateur.

Il garde une main sur ma jambe et l'autre sur le volant. Il se dirige droit vers le port de plaisance.

— Nous serons tranquilles ici, dit-il.

Il gare la voiture et m'entraîne dans un sentier sinueux à travers bois jusqu'au vieux fort militaire. Si c'était l'été, le parc serait rempli de touristes et d'enfants en vacances. Mais aujourd'hui il n'y a personne, sauf quelques rares marcheurs.

Colin déplace une table à pique-nique pour la mettre à l'abri des regards.

Nous nous étendons côte à côte sur la table. Une pensée échappée de mon ancienne vie flotte dans ma tête : je devrais mettre de l'écran solaire. Ma peau brûle facilement.

Comme celle de papa. Il est sans doute blessé et trempé. Va-t-il prendre un coup de soleil en plus?

Est-ce bizarre d'avoir une telle pensée?

Je prends la main de Colin. Ici, au moins, je n'ai pas à me préoccuper de ce que pensent les autres.

— Merci d'être venu à mon secours, dis-je.

Il se tourne vers moi et sourit. Il plisse un œil à cause du soleil. L'autre est aussi vert qu'une pomme Granny Smith.

— Tu n'as pas à me remercier, dit-il. Je voulais seulement t'avoir pour moi tout seul.

C'est ce qu'aurait dit papa — un boniment inventé à seule fin de me remonter le moral. Je m'efforce d'entrer dans le jeu.

— Tu mens, dis-je. Tu aurais été content de rester là toute la journée, ou du moins jusqu'à ce qu'il n'y ait plus de muffins.

Nous rions tous les deux, bien que ce ne soit pas tellement drôle.

— Je n'en pouvais plus, dis-je. Tout ce monde qui me regardait. Qui s'attendait à ce que j'aie un certain comportement. Même Helena et Sophie qui faisaient leur cinéma. Je voulais hurler.

Je m'appuie sur un coude et regarde Colin.

— Il n'est pas mort, dis-je. Je le sais. Comment puis-je accepter leurs condoléances alors qu'il n'est même pas mort? Ça m'enrage.

Colin se lève sur un coude lui aussi. Il pose sa main sur ma hanche.

— Ils essaient seulement d'être gentils, Ria.

Je plisse les yeux et laisse échapper un grognement de frustration.

— Eh bien, ils ne sont pas gentils. Ils me mettent mal à l'aise. Et je ne peux plus les supporter.

Je me recouche sur la table, un bras sur la figure. Nous restons silencieux pendant un bon moment.

— D'accord, dit Colin. Tu n'as pas à les supporter.

Il se penche au-dessus de moi.

— Oublie tous ces gens. Nous n'avons pas besoin d'être avec eux. Je passerai te prendre chaque jour après l'école et nous irons quelque part, juste toi et moi. Nous pourrons faire ce qui nous plaira. Nous pourrons être tristes ou joyeux ou fâchés, comme nous voudrons. D'accord?

Je ne sais pas ce que je ferais sans lui.

Chapitre huit

Je passe mes journées à dormir, regarder des films ou faire semblant de lire jusqu'à trois heures de l'après-midi. Lorsque Colin arrive, nous allons chercher Elliot à l'école, mangeons sur le pouce, puis disparaissons.

Disparaître — c'est justement ce dont il s'agit. Colin a remonté le capot de la voiture. Nous attirons encore l'attention, mais la plupart des gens ne remarquent pas que je suis recroquevillée sur le siège du passager.

Nous allons au port de plaisance. Lorsque les soirées sont tièdes, nous nous assoyons près du fort. Lorsqu'il fait froid, nous nous garons à l'abri des regards et restons blottis l'un contre l'autre dans la voiture.

Malgré ce que ça laisse supposer, nous ne faisons rien de plus. Nous regardons parfois un film sur mon ordi portatif. Nous allumons parfois le plafonnier pour faire nos devoirs ou jouer au Mankalah. Un soir, Colin a mis la radio et nous avons dansé un slow au clair de lune.

Et parfois — je devrais dire souvent — je reste assisse sur mon siège à pleurer.

Ce soir, je pleure plus que d'habitude. Cinq jours se sont écoulés depuis l'accident. Des plongeurs ont trouvé une de ses bottes et un morceau de sa veste. Des équipes de secours ont sillonné la forêt environnante, en vain.

« Nous sommes désolés, a dit le responsable des secours, mais nous devons arrêter les recherches aujourd'hui. Steve Patterson est officiellement présumé mort. »

— Présumé! Comment peuvent-ils présumer? Ils ne connaissent pas papa. Ils ne savent pas ce dont il est capable. Ça ne fait que cinq jours.

Je pleure à chaudes larmes. Colin me tend des papiers-mouchoirs. Il doit être complètement dégoûté : mes yeux et mon nez sont rouges et bouffis. Mon front élance comme s'il y avait un gros cœur battant dans ma tête à la place du cerveau.

Lorsque je cesse de pleurer, Colin me prend la main.

— Ria, dit-il. Je sais que c'est difficile pour toi, mais je crois qu'il va falloir que tu acceptes que ton père est parti.

J'essaie de m'éloigner de lui, mais il me retient.

— Ce lac est très froid et très profond. L'avion est en miettes. Même un gars aussi en forme que Steve n'aurait pas pu survivre.

Je lui lance un regard furieux, mais ça ne l'arrête pas.

— Je parie que ton père nous regarde de là-haut en ce moment, peiné de nous avoir quittés aussi vite. Mais je parie aussi qu'il ne voudrait pas que tu aies les yeux rougis à cause de lui.

Comme si j'avais le choix! Je me détourne.

— Il voudrait que tu te prennes en main, que tu te ressaisisses. Il ne voudrait pas que tu renonces à vivre pleinement sous prétexte qu'il n'est plus là. Il te dirait de mordre dans la vie à belles dents. De profiter de chaque instant. Il était comme ça, lui, n'est-ce pas?

Il me soulève le menton.

— Ne rate pas une occasion de t'amuser. Éclate-toi. Profite de tous les plaisirs de la vie.

Il continue d'égrener des maximes jusqu'à ce que je me mette à rire.

Il a raison. C'est exactement ce que dirait papa.

J'essuie mon visage et affiche un sourire à la Patterson.

— J'ai une proposition à te faire, ajoute-t-il.

Il se penche vers la banquette arrière et y prend deux flûtes à champagne et une bouteille de cocktail au citron vert. Ça me fait craquer. Personne d'autre que Colin ne se rappellerait que papa aimait cette boisson.

Il remplit nos verres. À la lueur du réverbère, on dirait une substance radioactive.

— À partir de maintenant, lorsque tu penseras à ton père, je veux que tu te rappelles tous les gens qu'il a rendus heureux, tous ceux qu'il a fait rire et tous ceux, bien sûr, qui sont devenus riches grâce à lui. Je penserai certainement à lui en septembre lorsque je partirai pour l'université, tous frais de scolarité payés.

Nous trinquons.

— À Steven John Patterson, dit Colin. Puis-je un jour lui arriver à la cheville!

Je pense qu'il a largement dépassé cet objectif.

Chapitre neuf

C'est si facile d'être heureuse lorsque Colin est avec moi. Et si difficile sans lui.

Je sais que je devrais retourner à l'école, mais je frémis à la pensée de tous ces regards tristes que je vais devoir endurer.

Je reste donc enfermée à la maison en vêtements de jogging, à attendre l'arrivée de Colin. La nourriture n'a aucun attrait pour moi, les films m'ennuient et les émissions télé me dépriment. L'exercice est au-dessus de mes forces. Je passe le plus clair de mon temps à « lire ». Je suis à la page 27 depuis trois jours.

Je jette mon livre à l'autre bout de la pièce.

Je me fais honte. Papa ne m'a pas élevée pour que je devienne une damoiselle sans ressources qui attend d'être secourue. Je me lève et prends une grande respiration. Je décide de faire quelques-uns des devoirs que Mme Van de Wetering m'a fait parvenir. Demain, je retourne en classe.

J'ouvre mon ordi. Un examen de math mardi. Un laboratoire de chimie pour lequel je devrai emprunter des notes. Une rédaction de 500 mots en affaires internationales : *À l'aide de sources imprimées et virtuelles, expliquez l'incidence de la croissance économique en Chine sur l'environnement mondial.*

D'accord. Je peux faire ça.

Je me rappelle un documentaire à la télé au sujet de la pollution de l'eau en Chine. L'image d'un avion qui plonge dans l'eau m'apparaît soudainement, mais je la chasse.

Je suis une Patterson. Je retrousse mes manches.

Je google *Chine, incidence sur l'environnement*. Je fais défiler le texte. Je ne trouve pas ce que je cherche, mais je remarque une chose. Je me sens bien. Pour la première fois depuis que papa a disparu, je suis redevenue moi-même. Une fille de dix-sept ans comme les autres qui planche sur ses devoirs. C'est réconfortant.

Je trouve une référence au documentaire.

Je clique et me retrouve sur le site d'une chaîne d'information. Le lien vers le documentaire est sur la gauche. Je devrais l'ouvrir, mais je lis plutôt les nouvelles. Je vis dans une bulle depuis l'accident. Je n'ai pas entendu parler du tremblement de terre en Amérique centrale, ni du scandale des Oscars, ni du psychopathe qui a détourné un car de touristes à Montréal.

Je n'étais pas au courant non plus au sujet de mon père.

Suicide soupçonné suite à la disparition d'un homme d'affaires

Dans la vie, Steve Patterson projetait l'image parfaite de l'homme qui ne doit sa réussite qu'à lui-même : brillant, charmant, athlétique, généreux. Issu d'une famille pauvre, il est devenu la coqueluche de l'industrie du placement, réalisant des profits de 20 et 30 pour cent pour ses clients, même en période de récession.

Maintenant, huit jours après son décès présumé dans un accident d'avion, on commence à entrevoir une image différente. Des investisseurs rapportent que leur compte bancaire a été vidé et que leur portefeuille de placements est maintenant sans valeur. M. Patterson aurait escroqué jusqu'à 100 millions de dollars à ses clients.

Les employés de la S. J. Patterson Financial Holdings, visiblement ébranlés, ont refusé de répondre aux questions des reporters.

La police soupçonne que l'accident d'avion survenu dans la soirée de samedi était en fait prémédité. « Nous examinons la possibilité d'un suicide, a déclaré le brigadier Jo Yuen. Notre enquête préliminaire laisse supposer que M. Patterson savait que les autorités resserraient leur filet autour de lui et que ses clients et lui étaient acculés à la ruine. »

Le centre hospitalier d'Halifax et le collège communautaire de Chebucto sont deux des grands établissements susceptibles d'avoir perdu des millions après avoir confié leurs investissements à S. J. Patterson Financial Holdings.

Plus triste, cependant, est le sort d'innombrables petits investisseurs — retraités et propriétaires de PME — pour qui M. Patterson était autrefois un héros.

Chapitre dix

Non. Non. Non. Non. Ce n'est pas possible. C'est une erreur. Il faut que ce soit une erreur.

Je tremble comme une feuille. Je google *S. J. Patterson. The Herald, The Times, Newsnet* : partout la même histoire.

Quelqu'un — un être mesquin, amer, tordu, jaloux du succès de papa ou envieux de sa réputation — a inventé ce mensonge et maintenant, tout le monde le croit.

Il faut que je fasse quelque chose. Ça ne peut pas continuer.

Je me rappelle notre prof d'arts médiatiques qui nous parlait des dangers d'Internet. Quelques mots stupides, une photo compromettante, disait-elle, peuvent vous poursuivre pour le reste de vos jours.

Je ne peux pas faire taire cette calomnie. Le mal est fait.

J'entends les pas de maman à l'étage et j'ai envie de courir vers elle pour me jeter dans ses bras comme lorsque j'étais petite. Mais je sais bien qu'elle ne m'aidera pas. Elle n'aime plus papa. Elle se réjouirait sans doute d'avoir eu une raison valable de le mettre à la porte.

J'essuie mes larmes et me calme. Je dois concevoir un plan. Contacter les médias? Consulter un avocat? Qu'est-ce que ça donnerait? Je ne suis qu'une enfant. *Son* enfant. Qui voudra m'écouter?

La seule chose qui me vient à l'esprit, c'est d'appeler Colin.

Son cellulaire est éteint.

Bien sûr. Les cellulaires sont interdits à l'école.

Je crains que maman ne descende l'escalier et ne me trouve dans cet état.

Il faut que je sorte d'ici. Je vais aller à l'école. Je regarde l'heure. Colin sera à son cours de français. Il saura quoi faire.

Je vais à la salle de bain et m'asperge le visage. Je n'ai pas bonne mine. Ma peau ressemble à du bacon cru.

Je ne peux pas sortir comme ça. Papa ne sortirait jamais comme ça. « Fais bon visage et mets ta plus belle chemise. » Voilà ce qu'il dirait.

Je dissimule mon vieux T-shirt sous un manteau Club Monaco acheté il y a quelques semaines. Je me fais une queue de cheval. J'applique de l'anticerne, du mascara et du brillant à lèvres. Je devrais mettre mes lentilles de contact, mais mes yeux ne le supporteraient pas.

Heureusement, Colin a laissé la Buick ici hier soir. Je prends les clés et crie vers le haut de l'escalier :

— Je m'en vais à l'école. Peux-tu aller chercher Elliot?

Je sors avant que maman ait pu demander pourquoi.

La pile de fleurs et de cartes sur notre gazon a triplé depuis dimanche. Ça m'a choquée la première fois, mais plus maintenant. J'y vois la preuve que les allégations malveillantes sont des foutaises. Regardez tous! Voyez combien Steve Patterson est aimé!

Je descends les marches en courant pour les regarder de plus près. Des roses jaunes d'une certaine Stacy. Une carte de son café-bar préféré. Une chandelle de Mme Purcell, la voisine d'en face. Et un bout de carton où l'on a écrit en rouge vif : « Brûle en enfer, salaud. »

J'en perds presque l'équilibre. Je froisse le carton et le mets dans mon sac. Je vois une autre carte. « Disparu, mais pas oublié, comme mon argent. Un jour, tu paieras. » Je la fais disparaître aussi.

Je devrais nettoyer toutes ces saloperies. S'il fallait qu'Elliot voit ça! Qu'il me demande de lui lire ce qui est écrit!

Une fourgonnette blanche surmontée d'une antenne parabolique arrive dans notre rue. C'est l'unité mobile de l'émission télé *Le monde en direct*.

Mon cœur bat la chamade. Que faire? Rester et défendre papa? Comment? Quoi dire?

Je fais semblant d'être une passante qui regarde les fleurs. Je monte dans la Buick et m'éloigne. Je n'ai jamais conduit une si grosse voiture. Encore un défi que j'arrive à peine à relever.

Mme Lawrence, la secrétaire de l'école, me regarde curieusement lorsque j'arrive.

— Ria! Je ne m'attendais pas à te voir, étant donné, euh…

Étant donné quoi? Nous sommes toutes deux figées. Nous savons toutes deux ce qu'elle a voulu dire. Elle pâlit et commence à fouiller dans ses tiroirs pour se donner une contenance. J'en profite pour m'éclipser.

Je sens son regard me suivre dans le corridor. Je sens le regard de M. Samson aussi. Et celui des trois filles debout près de la fontaine. Les élèves qui sortent du cours de gymnastique me regardent. Tout le monde me regarde.

Je me demande s'ils voient la fille dont le père a disparu…

Ou la fille dont le père était un salaud?

Chapitre onze

Je frappe à la porte de la salle 208. Mme LeBlanc entrouvre la porte.

— Oui?

— Excusez-moi, dis-je en chuchotant, je dois parler avec Colin MacPherson.

Les élèves ne sont pas supposés interrompre un cours, mais Mme LeBlanc me connaît. Elle me fait un sourire de sympathie — celui que je redoutais.

— Un moment, dit-elle.

Elle ouvre complètement la porte.

— Colin, il y a quelqu'un pour toi.

Tous les regards se tournent vers moi. Certains élèves couvrent leur bouche et chuchotent. Je me sens comme ces prisonniers que l'on exposait sur la place publique.

Colin a un drôle d'air. Il doit savoir combien je suis bouleversée. Il remue quelques objets sur son bureau, puis se lève et vient vers moi. C'est alors que Jared Luongo m'interpelle :

— Hé, Ria. On dirait que ton père a enfin eu ce qu'il méritait!

Il y a un moment de confusion où tout le monde retient son souffle, les chaises grincent sur le plancher et Mme LeBlanc essaie de rétablir un semblant d'ordre.

Je ne sais pas quelle réaction j'espère de la part de Colin. Qu'il frappe le gars?

Qu'il coure vers moi et murmure à mon oreille d'ignorer ce pauvre minable?

Tout sauf ce que je n'avais pas prévu : il hésite.

— Colin...

Je suis tellement abasourdie que j'arrive à peine à prononcer son nom.

Il fait trois pas dans ma direction, puis s'arrête.

Il ouvre la bouche, mais il n'a pas besoin de dire quoi que ce soit. Je sais qu'il est au courant des calomnies. Qu'il a pris le parti de les croire.

Je reste là, bouche bée, cherchant des yeux une autre explication. C'est alors que j'aperçois Helena. J'ai une petite lueur d'espoir — mais elle prend son stylo et se met à écrire.

Elle n'ose même pas me regarder.

Je me retourne et pars à courir dans le corridor. Une porte s'ouvre et M. Goldfarb dit :

— On ne court pas dans les...

Il me reconnaît et referme aussitôt.

Il y croit, lui aussi.

Tout le monde y croit.

Je ne m'arrête de courir qu'une fois arrivée au stationnement.

Tout le long du trajet vers la maison, je pense à Colin. J'ai peine à croire qu'il m'ait fait ça — qu'il ait fait ça à papa! Je me sens trahie. La colère me gagne. Puis un des titres que j'ai lus me revient à l'esprit : *Arnaque de plusieurs millions de dollars*, et je m'imagine les MacPherson perdant tout ce qu'ils possèdent par la faute de mon père.

J'ai l'impression d'être dans un film d'horreur où un maniaque m'attend derrière chaque porte.

Je veux rentrer à la maison, peu importe ce qui m'attend. J'enfonce l'accélérateur.

En arrivant au coin de notre rue, j'aperçois plusieurs cars de téléreportage installés devant la maison. Je n'ai pas le courage de les affronter. Je passe mon chemin et me gare deux rues plus loin. Je reste assise dans la voiture pendant une heure, paralysée par la peur. Les élèves vont bientôt commencer à revenir de l'école. Ils vont voir la voiture. Ils vont me voir. Je sors et me dirige furtivement vers la maison. Une voisine me salue par la fenêtre lorsque je traverse sa cour pour atteindre notre porte de derrière.

Je lui rends son salut. Il est évident qu'elle ne croit pas les calomnies.

Ou qu'elle ne les a pas encore lues.

Maman est assise avec Elliot à la table de la cuisine tandis qu'il mange sa collation. Elle se lève lorsque j'entre. Elle a un air solennel. Ce n'est pas rassurant.

— Ria, dit-elle, je suis contente de te voir.

Mais elle n'a pas l'air contente du tout.

— Je dois vous parler de quelque chose, à Elliot et toi.

Elle se rassoit et tapote une chaise pour m'inviter à m'asseoir.

Ça ne me dit rien qui vaille. Elle veut nous parler de papa, j'en suis sûre. J'ai envie de crier, mais Elliot est là — avec son air mignon et innocent, occupé à grignoter son biscuit à l'avoine.

Je tiens mon sac comme si j'étais prête à détaler d'un instant à l'autre.

— Vous avez vu les cars de reportage devant la maison, dit-elle.

— Oui! crie Elliot, enthousiaste. *Le monde en direct*. Comme à la télé. J'ai hâte d'en parler à mon enseignante!

— Euh. Mon chéri. Ce n'est peut-être pas une bonne idée.

Elliot est confus. Son enseignante écoute religieusement *Le monde en direct*.

— Pourquoi? demande-t-il.

Maman l'ignore. Il serre son biscuit tellement fort qu'un morceau se brise.

Il ne se donne même pas la peine de le ramasser.

Maman sourit du bout des lèvres.

— Votre père était un homme merveilleux sous de nombreux rapports... Il vous aimait certainement beaucoup tous les deux.

J'anticipe le reste.

— Mais il y a certaines choses que vous devez savoir... Il était courtier en placements. Ça veut dire que les gens lui donnaient de l'argent à investir en leur nom.

Elliot a les yeux exorbités. Il fait de grands efforts pour comprendre.

— Qu'est-ce que ça veut dire, investir?

Je sais que c'est une question de secondes. Elle va lui expliquer le sens du mot *investir*, puis celui du mot *arnaque*. Elle va finir par lui dire que notre père est un criminel. Je le sens. C'est ce qu'elle veut : retourner son fils contre lui. Il ne restera plus que moi pour croire en papa.

— Papa achète des compagnies pour les gens? demande Elliot. Je ne comprends pas.

Maman détourne son regard pour trouver une façon d'expliquer le marché boursier à un enfant de cinq ans.

— Excuse-moi, dis-je. Je sais que ceci est important, mais est-ce qu'on pourrait en parler plus tard? Colin veut nous emmener faire de l'escalade cet après-midi, Elliot et moi.

Elliot sautille sur sa chaise.

— Ouais! crie Elliot. Nous allons faire de l'escalade!

Maman ne sait pas quoi faire. Ça se voit. Son petit discours ne se passe pas aussi bien que prévu et Elliot n'est plus en état d'écouter.

Elle soupire.

— Quand reviendrez-vous? demande-t-elle.

— Il veut aussi nous amener au resto, alors je doute que nous soyons de retour avant vingt heures.

Elliot ne tient plus en place.

Maman sait reconnaître la défaite.

— D'accord, Elliot. Mais tu dois prendre ton médicament pour l'asthme avant de partir.

Normalement, Elliot déteste utiliser son inhalateur. Aujourd'hui, il l'avale presque. Je l'aide à mettre ses souliers et son chandail et nous sommes dehors en moins de trois minutes.

Elliot pense que nous escaladons la clôture arrière en guise d'échauffement.

Chapitre douze

Je n'ai plus peur.

Faux. J'ai encore peur, mais je le remarque à peine maintenant. C'est comme un bruit agaçant auquel on s'habitue.

Elliot est assis à la place du passager et babille comme si nous étions en route pour une fête d'anniversaire. Je sais que tôt ou tard, je vais devoir lui dire la vérité.

J'entends le bruit agaçant de ma peur qui revient.

Une fois sortis de la ville, nous passons tout droit au chemin qui mène chez Colin.

— Hé! dit Elliot. Et Colin?

— Ah, non, nous n'allons pas le chercher tout de suite.

Il se tourne vers moi et me regarde en fermant un œil. C'est son air de pirate fâché.

— Pourquoi pas?

— Désolée, Elliot. Je ne peux pas parler maintenant. Il faut que je décide où aller.

Ça, au moins, c'est la vérité.

Je ne sais pas où je vais. Je sais seulement que je dois m'éloigner d'ici.

Me réfugier quelque part où personne ne nous connaît. Le temps que dure cet orage.

Je trouverai un emploi. Elliot ira à l'école. Nous serons mieux qu'ici, c'est certain. Je prendrai soin de lui. Je l'élèverai pour qu'il soit comme papa : bon, brillant, drôle et généreux.

Un jour, lorsque papa sera innocenté, nous poursuivrons en justice tous ceux qui l'ont calomnié. Nous serons riches de nouveau. Rira bien qui rira le dernier.

Mon pied s'alourdit sur l'accélérateur. Je ne peux m'en empêcher. Je suis euphorique.

Papa disait toujours qu'un problème à résoudre, c'est une occasion de développer sa créativité.

Je me dirige vers l'autoroute et mon visage s'éclaire d'un large sourire.

J'aimerais savoir comment décapoter la voiture. J'ai envie de rouler à toute allure et de sentir le vent dans mes cheveux. Cette escapade est une célébration, pas une évasion. Je n'ai aucune raison d'avoir honte.

Je vais louer un petit appartement. Je vais le décorer et apprendre à cuisiner.

Lorsqu'Elliot aura six ans, nous organiserons une grande fête où tous ses nouveaux amis seront invités.

— Ria, ce n'est pas la bonne direction pour le mur d'escalade, dit Elliot, perché sur le bout de son siège.

J'ai envie de lui répondre que oui et de le faire marcher, mais je pense à tous ces mensonges au sujet de papa et au mal qu'ils causent. Je me promets de toujours dire la vérité à Elliot.

— Tu as raison, mon chou. Nous n'allons pas au mur d'escalade.

Elliot ouvre grand les yeux et fait la moue.

— Où, alors? demande-t-il d'une voix incertaine.

— Nous partons à l'aventure!

On croirait entendre une éducatrice à la prématernelle.

— Maman ne peut plus s'occuper de nous. Alors nous allons vivre ailleurs...

Je voudrais qu'il s'enthousiasme et crie encore « Ouais! » Mais non. Il me regarde, l'air perplexe. Puis il éclate en sanglots.

— Je n'aime pas les aventures! Je veux voir maman! dit-il en donnant un coup de pied dans la boîte à gants.

— Chut, Elliot. Calme-toi! dis-je d'un ton qui n'incite pas vraiment au calme.

Pourquoi ai-je cru que ce serait facile?

Nous approchons d'une bretelle d'autoroute. Je pourrais faire demi-tour et être de retour à la maison avant dix-huit heures. Je pourrais faire demi-tour, aller au mur d'escalade et être de retour pour vingt heures.

J'actionne le clignotant — mais passe tout droit.

Je ne peux pas faire face à maman, aux mensonges et au fait que Colin n'est plus là.

Elliot hurle et donne des coups de pied. Je crains que ses souliers n'abîment le cuir blanc des sièges.

J'essaie de me concentrer. Il faut que je trouve une solution.

Les pleurs d'Elliot se transforment en halètements d'asthmatique. Il ne demande plus où nous allons. Le ciel s'assombrit et mes mains sont engourdies d'avoir trop serré le volant.

Je remarque que l'indicateur d'essence est presque à zéro. Je prends la sortie suivante et cherche une station-service. Pendant ce temps, mon cerveau s'active frénétiquement à faire des calculs. Combien de temps nous reste-t-il avant que maman sonne l'alarme? Combien de kilomètres pouvons-nous rouler après avoir fait le plein? Jusqu'où pouvons-nous aller avant qu'Elliot pète les plombs?

Je m'approche de la pompe et sors mon portefeuille. Je me rends compte pour la première fois que je vais devoir trouver le moyen de payer pour tout ce que j'achète.

Maman a mis les ciseaux dans ma carte de crédit. J'ai 20 $ en billets et quelques dollars de plus en monnaie. J'ai une carte de débit, mais ça m'étonnerait qu'il y ait plus de 35 $ dans mon compte.

Je sens la panique m'envahir, puis je me ressaisis. *Non. Il y a toujours une solution. Tout ira bien.* C'est l'attitude que papa aurait adoptée.

Je commence à remplir le réservoir. Le compteur atteint 30 $ à une vitesse incroyable. J'ordonne à Elliot de ne pas bouger de son siège. Je tends ma carte à la préposée, compose mon NIP et retiens mon souffle. Transaction acceptée. C'est un bon signe.

Je prends de la monnaie et achète un Coke et un sac de chips pour Elliot. Je me sens aussitôt coupable. Maman ne lui achèterait jamais des cochonneries pareilles.

Cette nouveauté a l'avantage de faire le bonheur d'Elliot. J'allume la radio. Pendant une heure, nous roulons sur l'autoroute en écoutant de la musique à tue-tête. Si je pouvais oublier mes soucis, j'arriverais à croire que nous sommes vraiment partis à l'aventure.

Les panneaux routiers annoncent des villes dont les noms ne me sont familiers que grâce aux bulletins météo. J'éteins la radio lorsque commencent les nouvelles de vingt heures. Je sais qu'un jour viendra où je ne pourrai plus protéger Elliot des rumeurs malveillantes. Je vais devoir m'y préparer.

Le ciel est tout à fait noir maintenant, plus noir qu'il ne le devient jamais en ville. J'imagine notre maison tout illuminée par les projecteurs des équipes de reportage. Maman commence sans doute à guetter notre arrivée.

Combien de temps avant qu'elle ne s'inquiète? Avant qu'elle m'appelle? J'éteins mon cellulaire. Je ne veux pas qu'Elliot demande pourquoi je ne réponds pas.

— Il faut que j'aille aux toilettes, Ria.

— Peux-tu attendre?

Il n'a pas besoin de répondre. La façon dont il se tortille me dit que le temps presse.

Qu'allons-nous faire s'il mouille son pantalon? J'aurais dû apporter des vêtements de rechange.

Je prends la sortie suivante et aperçois une station-service à proximité. Je regarde l'indicateur d'essence. Nous arrivons de nouveau au fond du réservoir. Cette voiture va me ruiner.

Elliot court vers les toilettes la main entre les jambes.

Un gars dans la vingtaine le regarde courir et éclate de rire.

— Ça m'est arrivé souvent à moi aussi, dit-il.

Il remarque notre voiture.

— Belle pièce de collection!

J'incline la tête. Je suis trop préoccupée pour répondre. Nous devons trouver de l'argent pour manger, un endroit où dormir…

— Elle est performante?

— Oui, dis-je en haussant les épaules.

Je voudrais me débarrasser de lui. Puis une idée me vient.

— Veux-tu l'essayer?

Il me dévisage, incrédule.

— Ouais!

— D'accord. Vingt dollars pour vingt minutes.

Je vois que le gars est surpris que je lui demande de l'argent, mais ça ne le décourage pas.

— Bien sûr, dit-il en me tendant un billet. Et voici mon certificat de naissance en garantie.

Elliot sort des toilettes juste à temps pour voir le gars monter dans notre auto. Il ne pose pas de questions. Je pense qu'il a peur de la réponse.

Je lui prends la main et regarde la voiture s'éloigner. Des gens forment un groupe devant la station-service. Ils regardent eux aussi. On ne peut certainement pas passer inaperçu dans une Buick LeSabre 1962.

Elliot et moi sommes assis sur le trottoir depuis une dizaine de minutes lorsqu'un autobus arrive. Le groupe de curieux monte à bord. Il me vient à l'esprit que personne ne remarque un autobus et ça me donne une idée.

— Viens, Elliot! dis-je. Veux-tu faire un tour?

L'autobus affiche *Cypress-Riverview*. Le chauffeur est debout près de la porte et fume une cigarette tandis que les passagers s'installent dans leurs sièges.

J'ai le 20 dollars du gars et à peu près autant dans mon portefeuille. Mon compte bancaire est presque vide. Je dois garder de quoi acheter de la nourriture. Ce qui veut dire que je peux dépenser environ 30 $ pour des billets.

— Excusez-moi, dis-je. C'est combien pour aller à, euh… Cypress?

Le chauffeur écrase sa cigarette sous son talon.

— Cypress? Vingt-huit dollars.

Je dégringole de mon nuage. Mon plan tombe à l'eau.

— C'est le prix pour un adulte, dit-il. Si votre fils a six ans ou moins, il voyage gratuitement.

— Je ne suis pas son fils, dit Elliot, comme si le chauffeur l'avait profondément insulté.

— Deux billets, s'il vous plaît.

Je laisse le certificat de naissance du gars au dépanneur. Je ne sais pas ce qu'il va penser à son retour, mais je n'ai rien à me reprocher. Vingt dollars pour une Buick LeSabre en parfaite condition, c'est une aubaine.

Chapitre treize

Le bus arrive à Cypress passé minuit. C'est une petite ville où personne ne risque de se perdre.

Elliot est profondément endormi. Je devrais le porter, mais je suis trop fatiguée. Je le réveille aussi doucement que possible. Il est en nage et confus, mais il ne se plaint pas. Il descend de l'autobus en titubant comme un ivrogne.

Ça m'aurait fait rire, il n'y a pas si longtemps.

Qu'allons-nous faire maintenant?

Je regarde les bancs de la gare d'autobus et je suis tentée d'y passer la nuit, mais c'est trop risqué. Maman aura déjà signalé notre disparition. Nous serions repérés en un rien de temps.

Il me reste environ 10 $. On ne peut pas louer une chambre d'hôtel à ce prix-là et il fait trop froid pour dormir dehors.

Notre aventure se termine ici, sur ce banc de gare. Je prends Elliot sur mes genoux. Nous attendrons simplement ici que la police nous ramasse.

Un bruit attire mon attention. J'aperçois un employé qui ferme une porte marquée *Objets perdus*.

Perdus, comme nous, me dis-je. Puis le côté Patterson de ma personnalité prend le dessus.

Non, nous ne sommes pas perdus. Nous avons un but. Une vie meilleure. C'est ça que nous voulons.

Je cours vers l'employé, entraînant Elliot avec moi.

— Ouf! dis-je. Je suis contente que nous n'arrivions pas trop tard.

Le gars ferme la porte à clé.

— Justement, ma chère. Il est trop tard. Il est minuit et demi et je rentre à la maison.

— Oh, je vous en prie! dis-je. J'ai laissé plein de choses dans le bus la semaine dernière et j'en ai vraiment besoin.

Mes larmes sont sincères et elles ont l'effet escompté. Le gars soupire et ouvre la porte.

— Qu'est-ce que tu as perdu?

— Euh... une couverture, une veste à capuchon, un chandail...

J'essaie de penser à ce dont nous avons besoin.

Le gars m'interrompt.

— Commençons par le début. De quelle couleur, la couverture?

— Quelle couleur… ?

Je dois deviner la bonne couleur si je veux obtenir la couverture. C'est comme un jeu-questionnaire piégé.

— Euh… grise.

Le gars met son poing sur sa hanche et nous examine. Elliot, tremblant de froid dans son petit chandail, moi dans mon imperméable mince et froissé, qui n'a certainement plus l'air d'un trench-coat Club Monaco à 200 $.

— Bon, dit-il. Attendez ici.

Il revient les bras chargés : une grande couverture rouge, un pantalon molletonné et une veste à capuchon pour moi; un survêtement de Superman et un parka pour Elliot.

— Est-ce que tu les reconnais? demande-t-il, entrant dans le jeu.

— Un habit de Superman! Est-ce que je peux l'avoir?

Le gars rit comme le père Noël.

— Oui. À la condition que tu me ramènes quelques méchants.

— Merci, dis-je. Merci beaucoup.

Le gars hausse les épaules et referme à clé.

— Pas de souci! Fais attention à toi.

J'emmène Elliot se changer dans la toilette des femmes. Il a un regain d'énergie en enfilant l'habit de Superman. Je mets nos autres vêtements dans mon sac, puis nous sortons affronter le froid.

La nuit est magnifique. Les étoiles sont claires et blanches comme des ampoules DEL sur fond de ciel noir. Qu'ai-je pensé? Par une nuit pareille, il n'est pas question d'abandonner.

Chapitre quatorze

Ça peut paraître bizarre, mais on dirait que papa est ici avec nous.

Pas en personne. Pas sur cette route déserte. Je n'ai pas perdu la raison. Il est plutôt dans ma tête. Comme un de ces conférenciers motivateurs que j'écoute sur mon iPod. Toujours ce refrain optimiste : Tout ira bien…

Je suis épuisée, mais je ne m'arrête pas. Je continue de marcher et de parler. Distraire Elliot, c'est le moins que je puisse faire. Je lui raconte toutes les vieilles histoires du temps où nous allions camper avec papa. Lorsque j'ai épuisé ce répertoire, j'en invente de nouvelles. Nous marchons pendant une heure environ. Je ne sais pas où nous sommes, mais je peux voir que nous arrivons à l'extrémité de la ville. Les constructions se font plus rares. On aperçoit une autoroute au loin.

Elliot a de la difficulté à se tenir debout. Il est pendu à ma main et son poids m'arrache le bras. Je me dis que c'est un excellent étirement, comme au yoga.

Nous arrivons en vue d'un petit parc. Elliot aperçoit un banc et se précipite dessus avant que j'aie pu l'arrêter.

— Je suis trop fatigué, Ria.

Il a raison.

Je ne peux pas le forcer à continuer, mais nous ne pouvons pas non plus rester ici. Si un policier voit deux jeunes qui dorment sur un banc, il va nous embarquer même si personne n'a signalé notre disparition.

— Ce lit est horrible! dis-je en remettant Elliot sur ses pieds. Tu veux que je t'en montre un meilleur?

Je fais comme si je ne l'entendais pas pleurnicher.

Je le traîne derrière moi à la recherche d'une cachette pour dormir.

Je remarque un grand pin dont les branches descendent jusqu'au sol.

— Regarde! Un tipi! dis-je d'une voix excitée.

Mais Elliot ne réagit pas. Il est si fatigué qu'il tient à peine debout.

J'écarte les branches et nous nous faufilons dessous.

Je suis surprise de trouver autant d'espace. Suffisamment pour nous étendre confortablement. Je me sens déjà mieux. Cet endroit est sûr et douillet. L'odeur, aussi, est rassurante.

Je l'associe d'abord à Noël. Puis mon cœur palpite et je me rends compte que Noël n'y est pour rien.

C'est l'odeur de Colin et de son savon au parfum de pin. J'avale un grand bol d'air, mais je manque encore d'oxygène.

— Ria? dit Elliot d'une voix inquiète.

J'essaie d'effacer Colin de ma mémoire. Il appartient à mon ancienne vie.

— Tu te rappelles quand papa nous a montré à faire un matelas dans le bois? dis-je. Tu veux que nous en fassions un maintenant?

Elliot m'aide à entasser les aiguilles. Je dépose mon sac sur le sol en guise d'oreiller. J'étends la couverture sur les aiguilles.

— Toi en premier, dis-je à Elliot.

Il s'étend. J'enlève mes lunettes et défais ma queue de cheval, me couche et rabats la moitié de la couverture sur nous. Il se blottit contre moi et tombe endormi avant que j'aie fermé les yeux.

Avant, je détestais qu'Elliot vienne me rejoindre dans mon lit parce qu'il dégage beaucoup de chaleur. Maintenant, je m'en réjouis. Il me tient au chaud. Je veille sur lui. Nous formons une bonne équipe. Tout ira bien.

Chapitre quinze

Je me réveille transie et courbaturée. J'ouvre les yeux. Je m'assois et lentement, mes yeux s'ajustent à la pénombre. Pendant une seconde, je ne sais pas où je suis. Puis je commence à discerner l'arbre, la couverture rouge, l'habit de Superman. Maintenant je sais où je suis et ça ne me plaît pas du tout.

Je me laisse retomber en arrière. J'ai mal partout.

Comment en suis-je arrivée là?

Le vent souffle et des aiguilles de pin tombent en pluie sur nous. Je sens de nouveau l'odeur de Colin et je dois faire un effort pour ne pas pleurer.

— Papa, dis-je à voix basse.

Ça me fait du bien de prononcer son nom. Je l'imagine passant son bras autour de moi. C'est ce qu'il ferait. Il me réconforterait.

Pour commencer. Ensuite il me dirait de continuer. « C'est dans l'adversité qu'on reconnaît les braves », dirait-il.

Je ne bouge pas. Je ne suis pas certaine d'être brave.

« Fais comme si tout était déjà réalité. » Voilà une autre de ses maximes.

Ai-je vraiment le choix?

Je mets mes lunettes. J'écarte les branches et jette un coup d'œil de l'autre côté. Personne. Il doit être à peu près 7 heures.

L'heure du déjeuner. Je me rappelle être passée devant un dépanneur hier soir. J'espère qu'il est ouvert. J'ai une faim de loup.

Je secoue Elliot, mais il met son pouce dans sa bouche et se retourne. Le pauvre enfant est exténué.

Je décide de le laisser dormir. Nous avons une longue journée devant nous.

Je vérifie qu'il n'y a personne autour, puis je sors de ma cachette et me mets à courir. Je n'ai pas une minute à perdre. S'il fallait qu'Elliot se réveille et ne me trouve pas à ses côtés, il serait terrifié.

Une vieille dame s'affaire à ouvrir le magasin au moment où j'arrive. Je ramasse le gros paquet de journaux pour elle. J'essaie d'être gentille pour éviter les soupçons.

Pourquoi aurait-elle des soupçons? Je viens acheter de quoi déjeuner.

C'est tout à fait normal. Je n'ai pas à m'en faire.

Je parcours les allées. Elliot aime le yogourt. Le petit contenant coûte un dollar. C'est au-dessus de nos moyens. Je prends un pain de blé entier à la place. Presque trois dollars, mais substantiel. Je cherche le plus petit pot de beurre d'arachide — trop cher aussi.

Je commence à m'affoler.

Je replace le pain sur son étagère.

J'attrape une petite bouteille de jus, des barres de céréales et deux bananes. Je fais le calcul dans ma tête. Ça fait plus de six dollars. Il en restera seulement quatre.

Je m'en inquiéterai plus tard.

La dame arrange les journaux dans l'étalage lorsque je m'approche pour payer.

Elle passe derrière la caisse pour enregistrer mes achats.

C'est alors que je remarque une grande photo en couleur d'Elliot et moi en première page.

Les enfants du courtier disparu disparaissent à leur tour.

Chapitre seize

La dame ne me reconnaît pas, mais elle doit se douter de quelque chose. Je transpire à grosses gouttes.

— Avez-vous besoin d'autre chose? demande-t-elle.

J'incline la tête et attrape un journal. Je lui donne mon argent. Elle me remet un sac et 2,43 $ en monnaie.

Je la remercie et sors lentement. Je ne veux pas qu'elle se rappelle la rouquine qui a filé à toutes jambes.

Je me mets à courir dès que je suis hors de son champ de vision et ne m'arrête qu'une fois arrivée au parc. Elliot dort toujours. Je m'assois sur un banc et ouvre le journal.

Voilà maman — la femme du courtier disgracié Steven Patterson, dont elle est séparée — qui nous supplie de revenir. On a interviewé le gars à qui j'ai laissé la voiture. Un policier est d'avis que nous avons pris un autobus en direction de Cypress.

Aucune mention de l'employé de la gare d'autobus. Soit il veut nous protéger, soit il craint d'avoir des ennuis.

Qui sait?

Le fait que personne ne recherche un enfant habillé en Superman me rassure. Il faut voir le bon côté des choses.

Sur la photo, j'ai mes lentilles de contact. Je suis probablement méconnaissable avec mes lunettes. Mes cheveux ont allongé, mais ils sont toujours roux.

Je mets mon capuchon.

Je tourne la page.

Steve Patterson, jadis la coqueluche du marché boursier, est soupçonné d'avoir escroqué des centaines de millions de dollars à ses clients. Sa compagnie n'ayant plus aucune valeur, il est peu probable qu'aucune de ses victimes ne soit jamais dédommagée. « Le suicide est une porte de sortie trop facile pour cet homme », selon Dave MacPherson, qui admet être acculé à la faillite après avoir confié toutes ses économies à Patterson. « Il n'était pas seulement mon conseiller financier, il était aussi mon ami. Et il nous a ruinés. »

Je mets le journal à la poubelle, puisque c'est une ordure. Puis je me glisse sous les branches pour réveiller Elliot.

Chapitre dix-sept

Elliot est confus. Il ne comprend pas pourquoi il n'y pas de toilettes ou pourquoi il ne peut pas simplement s'asseoir et manger sa barre de céréales. Heureusement, il ne se plaint pas trop.

J'attrape mon sac à main, fourre la couverture dans le sac d'épicerie et nous décampons.

Nous devons nous éloigner de Cypress le plus tôt possible, et le plus loin sera le mieux. Je marche aussi vite que je le peux — ou plutôt qu'Elliot le peut. Il devient évident après quelques minutes que nous n'arriverons nulle part à ce rythme-là.

Une dame aux cheveux blancs se dirige vers nous.

— Excusez-moi, dis-je.

Elle lève les yeux et sourit.

— J'ai perdu mon portefeuille et mon petit frère est en retard pour son rendez-vous chez le médecin. J'hésite à vous le demander, mais pourriez-vous nous avancer le prix d'un billet d'autobus?

Son sourire s'estompe. Elle ne me croit probablement pas, mais Elliot est irrésistible. Elle me tend un billet de cinq dollars.

Je la remercie. J'attends qu'elle soit hors de vue avant de m'essayer avec quelqu'un d'autre.

J'ai vite fait de ramasser vingt-trois dollars. Je pourrais en récolter plus, mais je ne veux pas abuser. Je m'inquiète aussi du plaisir qu'Elliot prend à ce jeu. Il tousse chaque fois que je mentionne le médecin.

Le mot *arnaque* me vient à l'esprit, mais je l'ignore. Nous n'avons pas le choix.

Nous attendons à une intersection pour traverser lorsqu'une auto-patrouille file devant nous.

Ces agents sont-ils à notre recherche? Nous ne pouvons pas rester plantés là à attendre une réponse à cette question. J'entraîne Elliot de l'autre côté de la rue et le fais courir jusqu'à ce que nous arrivions près d'un terrain vague. J'entends une autre voiture approcher. Nous nous cachons derrière des buissons.

— On s'amuse bien, n'est-ce pas? dis-je.

Il est confus.

— Je ne sais pas…, dit-il.

Deux voitures de police passent en trombe dans l'autre direction.

— On joue à la lutte? dis-je en poussant Elliot par terre.

Il se débat, mais je le maintiens au sol jusqu'à ce que je sois certaine que les policiers sont hors de vue.

Lorsqu'il se relève, le choc se lit dans ses yeux.

— Tu as triché! dit-il. Tu n'as pas attendu que je sois prêt.

— Tu as raison. Ce n'est pas juste, dis-je.

La justice, ça n'existe pas, me dis-je en mon for intérieur.

Ces policiers nous cherchent, j'en suis persuadée. Ce serait trop risqué de prendre l'autobus. Il faut que je trouve une autre solution.

Je regarde tout autour et aperçois un panneau d'affichage. *Camp Bonaventure.*

Là où les rêves des enfants se réalisent! Une petite affiche en dessous indique que le camp est fermé pour la saison.

J'entends la voix de papa : « Tu vois, il se présente toujours une solution! »

Une grosse flèche noire pointe vers le chemin suivant. J'espère que le camp n'est pas trop loin. Nous pourrions nous y cacher. Juste pour quelque temps. Ils ont cessé de chercher papa après cinq jours. Pourquoi nous chercheraient-ils plus longtemps?

— Hé, Elliot, aimerais-tu aller à un endroit où les rêves des enfants se réalisent?

Chapitre dix-huit

Nous coupons à travers champs jusqu'au chemin qui mène au camp Bonaventure. J'essaie de convaincre Elliot de chanter avec moi des chansons de camp de vacances, mais il refuse. Il veut bien marcher, mais pas chanter. Il n'est pas de bonne humeur.

Son humeur passe au noir lorsque de grosses gouttes se mettent à tomber.

L'averse transforme bientôt le chemin de terre en bourbier. Il y a trop de côtes à monter et rien pour nous distraire. Seulement quelques cabanes cachées parmi les arbres. Mes chansons finissent par tomber à plat.

Elliot aperçoit une antenne parabolique sur le bord d'un toit.

— Je veux rester ici, dit Elliot.

— Non, je connais un meilleur endroit, dis-je en essuyant la pluie de mon visage.

— Bien sûr, répond-il d'un ton sarcastique qui n'est pas de son âge.

J'entends un moteur démarrer. Le visage d'Elliot s'illumine comme si quelqu'un venait enfin nous secourir, mais je l'entraîne dans le bois avant qu'on puisse nous voir. Nous atterrissons dans un fossé et mes souliers se remplissent d'eau. Une voiture sort d'une allée et se dirige vers la ville.

Elliot se met à pleurer. Je lui donne une banane comme si c'était la meilleure friandise au monde, puis nous reprenons la route. Nous passons devant l'allée d'où la voiture est sortie.

Une vieille bicyclette est abandonnée sur la pelouse.

Sans prendre le temps de réfléchir, j'attrape la bicyclette, assois Elliot sur la barre et me mets à pédaler.

— Est-ce que tu viens de voler cette bicyclette? demande-t-il.

Il a cessé de pleurer. En fait, on dirait que ça le réjouit.

— Oui, dis-je.

À la guerre comme à la guerre. Je ne me rappelle pas si c'est une des maximes de papa, mais ça ne m'étonnerait pas.

Je pédale aussi vite que je peux. Je suis fatiguée, mais ça m'encourage de voir qu'Elliot a l'air de s'amuser.

Au bout d'une demi-heure, nous arrivons au camp Bonaventure. L'entrée est bloquée par une barrière de métal. C'est une bonne chose. Nous serons en sécurité ici. Nous faisons passer la bicyclette sous la barrière et la reprenons pour descendre vers le camp. Je pousse des cris de joie chaque fois que nous traversons une flaque d'eau.

Nous nous arrêtons net en bas de la côte. J'essaie de garder le moral, mais j'ai peine à imaginer que les rêves de quiconque puissent se réaliser ici. L'herbe est haute. Le lac est triste et gris. Il y a un terrain de jeu, mais les balançoires et les filets de badminton ont disparu. Les bâtiments — le gros au milieu et les petites huttes rouges au bord du lac — sont barricadés. La peinture s'écaille.

Elliot s'effondre sur une marche branlante, les poings sur les joues. La pluie coule sur son visage.

— Je n'aime pas ce camp, dit-il.

— Tu l'aimeras lorsque tu seras à l'abri!

Ma voix sonne faux.

J'essaie d'arracher les planches qui barricadent les bâtiments. Peine perdue. Sans levier — ni biceps — je n'y arriverai jamais.

Je suis sur le point d'abandonner lorsque je remarque une autre hutte cachée parmi les arbres. Je vois tout de suite que la porte est ouverte.

— Elliot! Viens par ici, dis-je en lui faisant signe.

La porte n'est pas seulement ouverte. Elle est sortie de ses gonds. Nous courons nous mettre à l'abri de la pluie.

Le plancher est jonché de canettes de bière vides. Une chaise est renversée et quelques livres qui étaient sur la petite étagère sont tombés sur le lit étroit. Je ne mets pas longtemps à comprendre ce qui est arrivé ici : des jeunes des environs sont entrés par effraction et ont fait la fête.

Je leur suis reconnaissante pour leur vandalisme. Grâce à eux, nous avons un toit pour dormir.

Je remets la chaise sur ses pattes, replace les livres et pousse les canettes de bière sous le lit à coups de pied. La hutte est froide et sent le moisi, mais l'alternative est beaucoup moins attrayante.

— Voilà, dis-je. C'est bien, n'est-ce pas?

Elliot s'efforce de sourire, mais il frissonne. Il ne faut pas qu'il tombe malade. Je sors nos vêtements à peu près secs de mon sac et nous nous changeons. Le matelas est humide, mais plus confortable que le plancher. Nous nous pelotonnons dans la couverture rouge et partageons la dernière banane. Nous mangeons une barre de céréales chacun en guise de dessert. Nous jouons à la faire durer le plus longtemps possible. C'est Elliot qui gagne : il a caché un raisin dans sa main. Je prends une petite gorgée de jus et lui donne le reste. Il n'a rien bu d'autre aujourd'hui.

Nous finissons par nous réchauffer. Je suis de meilleure humeur, mais pas Elliot.

— Je m'ennuie, dit-il.

Quoi? Nous nous sommes enfuis de la maison. Nous avons dormi dehors, mendié, volé une bicyclette. Comment peut-il s'ennuyer?

— Moi aussi, dis-je. Veux-tu jouer à un jeu vidéo sur mon téléphone?

Réaction instantanée : Elliot est ravi. Maman ne le laisse presque jamais jouer à des jeux vidéo.

J'allume mon téléphone. Je n'en reviens pas que nous soyons encore dans une zone desservie.

Ma boîte aux lettres est pleine. Je parcours rapidement les messages.

Je n'attends plus rien de Colin et d'Helena, mais j'espère quand même un mot de Sophie. Je pouvais compter sur elle, autrefois. Certaines amours sont changeantes.

Il n'y a que maman qui ait essayé de me joindre. *Supprimer*. Je ne veux rien savoir d'elle.

Elliot et moi jouons au Tetris. Je le laisse gagner chaque fois, mais il abandonne bientôt. Bien qu'il ne fasse pas encore nuit, il est prêt à dormir. J'éteins le téléphone et nous nous étendons sur le matelas plein de bosses.

— Je t'aime, Ria, dit-il.

— Je t'aime aussi, Elliot.

Je n'ai jamais été aussi sincère de toute ma vie. Certaines amours sont différentes.

Chapitre dix-neuf

Je me réveille en sursaut. Quelqu'un me secoue. Il fait si noir que je ne sais pas si mes yeux sont ouverts ou fermés. Je ne suis même pas certaine d'être éveillée jusqu'à ce que je sente une main moite sur mon visage. C'est Elliot.

— J'ai besoin de mon inhalateur, Ria.

Sa respiration rappelle le crissement de la craie sur un tableau noir.

Je suis tout à fait réveillée maintenant.

— D'accord, dis-je de ma voix la plus rassurante. Ne t'inquiète pas.

Pourquoi n'ai-je pas apporté son inhalateur? Il l'utilise trois fois par jour. À quoi ai-je pensé?

Je ne pensais pas. Du moins, je ne pensais pas à *lui*.

Je me lève d'un bond.

Calme-toi, Ria. Elliot fait des crises d'asthme tout le temps. Comme beaucoup d'enfants. Il n'en est pas encore mort. Tout ira bien.

D'où me vient cette assurance? Cette fois-ci pourrait être l'exception.

Et si quelque chose arrivait à Elliot? Mon cœur se met à battre comme une mitrailleuse.

Qu'est-ce que je fais, papa?

« Ne te tracasse pas à propos de tes problèmes. Résous-les. »

Il me reste environ vingt-cinq dollars. Je vais aller en ville lui acheter un inhalateur. Ce n'est pas très difficile.

Je regarde dehors. Il fait noir et il pleut toujours. Je n'ai aucune idée de l'heure. Il pourrait être minuit; il pourrait être 4 heures.

Je ne peux pas emmener Elliot. La pluie empirerait son état.

Je ne peux pas le laisser ici non plus. Il serait terrifié.

Au fait, combien coûte un inhalateur?

Et si j'avais besoin d'une prescription?

Je dois trouver un médecin. Inventer un faux nom.

Je me retourne et regarde dans la hutte. Il fait trop noir pour que je puisse voir Elliot, mais je l'entends respirer. On dirait une chaise berceuse qui grince.

Je n'ai pas le choix. Il faut que je demande de l'aide.

Sophie.

Puis-je lui faire confiance?

C'est trop risqué.

Tout d'un coup, j'ai un flash. Allo Secours. Les appels sont anonymes. Ils sauront quoi faire.

Je cherche mon chemin à tâtons dans l'obscurité et me cogne l'orteil contre une patte du lit, mais je ravale mon juron. Je mérite de souffrir. Je trouve mon téléphone caché sous mon sac et l'allume.

L'écran indique 5 h 40. Il fera bientôt jour.

Il y a dix nouveaux messages. Six sont de maman. Trois sont anonymes.

Un est de papa.

Chapitre vingt

— Ma chérie, dit-il. Je suis très inquiet pour vous. Appelle-moi.

Je n'en crois pas mes oreilles. Je saute, je crie, heureuse et tremblante à la fois.

Est-ce pour vrai? Est-ce une hallucination?

J'ai besoin d'une preuve. Je repasse le message.

— Elliot, qui est-ce au téléphone?

— Papa! C'est papa!

Même une crise d'asthme ne peut l'empêcher de faire des bonds sur le lit.

Je vérifie la date du message. Hier soir. Juste avant minuit.

Est-ce une ruse des policiers pour nous amener à téléphoner?

Tant pis. Je compose le numéro.

Papa répond tout de suite.

— Ria?

Je suis bouche bée.

— C'est toi, papa?

— Oui, chérie, c'est moi, dit-il en riant.

— Mais… mais… je te croyais mort. Ils ont dit que tu étais mort, dis-je entre deux sanglots.

— Calme-toi, ma chérie. C'est une longue histoire. Je t'expliquerai. C'est de toi que nous nous inquiétons maintenant. Toi et Elliot. Ta mère dit qu'il a besoin de son médicament.

J'essaie de me ressaisir.

— C'est vrai, il en a besoin. Aide-moi s'il te plaît.

— Ne t'inquiète pas. Dis-moi où tu es. Quelqu'un viendra vous chercher tout de suite.

— Je veux que ce soit *toi*, papa. *Toi* qui viennes nous chercher.

On croirait entendre une petite fille, mais ça m'est égal. Je n'y croirai pas tant que je ne l'aurai pas vu de mes propres yeux.

Il parle avec quelqu'un. Je ne comprends pas ce qu'ils disent. Ma mère est-elle là? Ils sont peut-être revenus ensemble. Elle était peut-être si heureuse de le retrouver vivant qu'ils se sont réconciliés.

Mon ancienne vie. Ma famille. Ma maison. Toute cette histoire n'était peut-être qu'un malentendu. Tout pourrait redevenir comme avant. Maman et papa et Elliot et moi.

Et Colin.

— J'arrive, Ria, dit papa. Dis-moi seulement où tu es.

À peine une heure plus tard, nous entendons un hélicoptère qui approche. Elliot et moi courons dehors. La pluie s'est arrêtée. Le premier rayon de soleil balaie l'hélicoptère bleu et blanc de la police comme un projecteur. Seul papa aurait pu imaginer une telle mise en scène. On dirait un ange qui descend des nuages.

Elliot me regarde, confus.

— Pourquoi pleures-tu, Ria? C'est papa!

Il dit autre chose, mais je ne l'entends pas. Le bruit est assourdissant.

Un policier saute et court vers nous. Nous nous penchons et courons sous les rotors avec lui. Je vois papa assis dans l'hélicoptère. Je reconnaîtrais ce sourire entre mille. Je suis si heureuse de le voir!

Je saute à bord et lui tends les bras pour l'embrasser. La dernière fois que je l'ai vu, il m'a serrée si fort qu'un os de mon épaule a craqué. Cette fois-ci, il ne me prend pas dans ses bras.

Je suis surprise et blessée — jusqu'à ce que j'aperçoive les menottes.

Chapitre vingt-et-un

Je ne suis pas encore très habile. Il y a plus de confiture aux fraises sur mon uniforme que dans les beignets.

Je suis debout près de l'évier, occupée à nettoyer les taches rouge vif de la confiture, lorsque j'entends une voix.

— Bonjour!

Je me retourne et pose les yeux sur Colin pour la première fois depuis mon retour, il y a cinq mois.

Nous sommes tous deux embarrassés. Il est évident qu'il ne s'attendait pas à me voir. Pas plus que je ne m'attendais à le voir.

Je remonte mon filet à cheveux pour dégager mon front. Il recule d'un pas.

— Excuse-moi. Je veux seulement un muffin aux bleuets.

Je fais signe que oui au moins une demi-douzaine de fois.

J'attrape une serviette en papier et lui tourne le dos. Je dois m'appuyer sur les plateaux à beignets pour garder mon équilibre.

J'ai remarqué qu'il porte lui aussi un uniforme. Il travaille probablement comme livreur. J'imagine qu'il n'a pas le choix. J'ai entendu dire que ses parents ont tout perdu. Leur maison, leur entreprise…

Il doit me détester.

Je choisis le plus gros des muffins. Comme si ça allait arranger les choses. Il avait tellement hâte d'aller à l'université. Maintenant il est coincé ici et doit travailler.

Ma main tremble tellement que j'échappe le muffin sur le plancher.

— Ne t'en fais pas, dit-il.

Je secoue la tête. Je mets le muffin à la poubelle et en prends un autre.

Sait-il que je n'étais au courant de rien? Que ma mère ne savait rien non plus avant qu'il soit trop tard?

Personne ne se doutait que papa était capable de choses semblables. Voler de l'argent. Arnaquer ses amis et parents et des vieilles dames sans défense. Se faire passer pour mort. S'enfuir.

— Est-ce que je le réchauffe? dis-je.

J'ai tellement honte que je ne peux pas le regarder dans les yeux.

— Non, ça va aller comme ça. Merci.

— Du beurre?

Soudainement, je veux qu'il reste. Sa voix n'est pas fâchée. Nous pourrions parler. Je pourrais tout lui expliquer.

À quoi bon? Je ne pourrais rien lui expliquer, puisque je n'y comprends rien moi-même. Je reconnais que mon père est un criminel, mais je l'aime encore et lui fais encore confiance malgré toutes les preuves qui pèsent contre lui.

Quelle importance ont les preuves? Papa a peut-être fait toutes ces choses terribles, mais il est revenu pour Elliot et moi malgré le prix à payer.

Ça doit peser dans la balance. Mais je ne sais pas si ça pèse bien lourd.

— Non merci, pas de beurre. Je ne joue plus au hockey, alors je dois surveiller les calories.

Je lui tends le muffin dans un petit sac de papier.

Nous prenons soin de ne pas nous toucher.

Il met cinq dollars sur le comptoir.

— C'est trop, dis-je. C'est seulement un dollar quinze.

Colin hausse les épaules. Une petite étincelle brille encore dans ses yeux.

— Ça va. Achète une gâterie pour Elliot.

Il sourit presque. Puis il sort. Je le regarde disparaître au coin de la rue.

— Reviens, dis-je.

Mais je sais qu'il est trop loin pour m'entendre.

Titres dans la collection française

À fond la planche!
(Grind)
Eric Walters

Accro d'la planche
(Skate Freak)
Lesley Choyce

Au pas, camarade
(Branded)
Eric Walters

Les Casse-Cous
(Daredevil Club)
Pam Withers

Cochonnet
(Pigboy)
Vicki Grant

Ed spécial
(Special Edward)
Eric Walters

L'effet manga
(Manga Touch)
Jacqueline Pearce

En images
(Picture This)
Norah McClintock

Frappée par la foudre
(Struck)
Deb Loughead

Marqué
(Marked)
Norah McClintock

Monteur de taureau
(Bull Rider)
Marilyn Halvorson

La revanche parfaite
(Perfect Revenge)
K.L. Denman

Reviens
(Comeback)
Vicki Grant

La triche
(Cheat)
Kristin Butcher